U0132416

精選白話

聊齋誌異

齊力子　編著

商務印書館

精選白話聊齋誌異

編　　著：齊力子

原　　著：〔清〕蒲松齡

責任編輯：吳一帆

封面設計：涂　慧

出　　版：商務印書館（香港）有限公司

　　　　　香港筲箕灣耀興道 3 號東滙廣場 8 樓

　　　　　http://www.commercialpress.com.hk

發　　行：香港聯合書刊物流有限公司

　　　　　香港新界荃灣德士古道 220-248 號荃灣工業中心 16 樓

印　　刷：盈豐國際印刷有限公司

　　　　　香港柴灣康民街 2 號康民工業中心 14 樓

版　　次：2024 年 4 月第 1 版第 4 次印刷

　　　　　© 2018 商務印書館（香港）有限公司

　　　　　ISBN 978 962 07 4571 3

　　　　　Printed in Hong Kong

目　錄

偷　桃

　　小時候，到省城去，參加府考，正巧趕上"立春"節。老風俗，在過節的頭一天，城裏各行各業的買賣人家，都要搭起彩樓子，吹吹打打地去長官衙門拜望，這叫作"演春"。

　　誰不喜歡看熱鬧呵，我和小夥伴也一道去了。這天，逛着玩的人，你來我往，滿街滿巷，擁擁擠擠，密不透風。只見大堂上有四個官對面坐着，都穿着大紅袍。那時我年幼，也不清楚是甚麼官。只聽得説話聲嘈嘈嘈嘈，鼓聲喇叭聲直震耳朵。

　　這時候，忽然有一個人，領着個披散頭髮的兒童，挑着副擔子，走到堂口去，似乎在説些甚麼。因為聲響雜亂，也聽不清説的甚麼。但見堂上的官們嘻嘻哈哈，指手畫腳。有個穿青衣的差人大聲喊着叫演節目。那個挑擔子的人放好家雜，擺開架式，問道：“演甚麼節目？”堂上的人互相看看說了幾句話，有個小吏下來問甚麼節目最拿手。那人回答說：“能顛倒季節時令，長出各樣生物。”小吏回報長官後，又下堂來命令取桃子。

變戲法的人答應說：“好！”脫下上衣蓋在竹箱子上，故意埋怨說：“官長也真不明事理！冰天雪地的，從哪裏能得來桃子呀！要是不去找吧，又怕長官怪罪下來。這可難死人了。”他兒子說：“阿爹已經應許下來，怎麼能再推辭呢！”變戲法的難為了好大一陣子，才說：“嗯，我謀慮透了，春初時節，雪厚冰封，人世間哪裏能有桃子？只有天上王母娘娘的花果園裏，四季不落葉，月月有果結，或許有桃子。如今，只有上天去偷才可！”兒子很驚奇：“嘿嘿！天能夠爬得上去嗎？”變戲法的說：“我有法術嘛！”

於是，變戲法的打開箱蓋子，取出一大團繩子，足有幾十丈長。慢慢理出繩頭，往空中拋去，喝！繩子立即懸在半空裏，就像有甚麼東西給掛住一樣。轉眼間，繩子越拋越高，飄飄搖搖進了雲層，手裏的繩子也拋完了。變戲法的招呼兒子：“兒呵，過來！我年老體弱，身子笨重，上天是去不成了，只好你去走一趟吧！"說話間，把繩子交給兒子，囑咐說："抓着這個就能攀上天去！"兒子接過繩子，很是為難，埋怨說："老人家也是老糊塗啦。這麼一根細繩，要我靠它去攀登萬丈高天，可太玄啦！要是半路裏斷了，那還不摔個粉身碎骨呵！"父親哄着兒子說："我已說下大話，後悔也來不及啦！兒呵，別怕吃苦受累，大起膽子來，去走一趟吧！要是真能偷得桃來，長官一高興，還不得給個百兒八十的賞錢。那我準定給兒娶個漂亮媳婦！"

兒子拉着繩子試了試，還真結實，騰身一躍，離開地面。只見他抓着繩子，手移腳隨，盤旋而上，就像蜘蛛吊蛛絲一樣，漸漸進入雲霄，看不到了。

人們屏氣靜心地等了好大一陣子，從天上忽然掉下個桃子來，像飯碗那麼大的個兒。變戲法的可高興啦，急忙撿起，雙手捧着，獻到堂上去。那幾個官兒，手托着桃，你傳給我，我傳給你，端詳了好久，也分辨不清楚這桃子是真的還是假的。

突然，繩子刷地一聲，噗啦啦落在地上，全院人都大吃一驚。變戲法的慌張地說："壞事了！天上有人把繩子給弄斷了！我兒可怎麼辦呵！"一會兒，天上掉下一件東西來，一看，是他兒子的腦袋。變戲法的捧起人頭來哭泣着說："準是偷桃子，被看守發覺了。我兒沒命了！"又一會兒，掉下一隻腳來；不多會兒，身軀四肢紛紛掉了下來。人們的心揪得緊緊的，滿院一片哀傷氣氛。

變戲法的嗚嗚地大哭起來，將掉落在地面上的殘肢，一一撿起來，裝進竹箱子裏，輕輕蓋好，嗚咽着說："我老頭子就這麼一個兒子呀，成天隨着我走南闖北，賣藝糊口。如今，遵從長官的命令，去偷桃子，不料遭到這麼淒慘的禍事！我只得背回去埋葬了！"接着，走上堂去，跪在地上哀求說："為了偷個桃子，殺了我的兒子！可憐我這孤老頭子，請長官幫忙埋葬了這孩子，我死了也要報答恩德呵！"

堂上的官們，又害怕又驚奇，這個那個的都給了些賞錢。變戲法的收起錢來，裝進腰包，然後走下堂來，敲着竹箱子呼喚着："八八兒，不趕緊出來謝賞，還等待甚麼呀！"突然，一個亂蓬蓬頭髮的兒童，頭頂起箱子蓋鑽了出來，朝北跪下叩了個頭。大夥都給驚呆了，定睛細看，這個兒童正是變戲法人的兒子！

因為戲法出奇，所以直到如今還能記得呢！後來聽到白蓮教能使這種法術，大概這是他們的徒子徒孫吧！

種梨

有個鄉下人在市集上賣梨，那梨又甜又香，價錢卻很昂貴。一個穿破衣爛衫的道士，在車前乞討。鄉下人呵斥他也不走。鄉下人生了氣，對他大聲責罵。道士說："你一車子幾百顆梨，我窮老道只乞討一個，對你也沒有多大損失，何必生氣呢！"旁觀的人勸賣梨的給道士一個壞梨讓他走吧，鄉下人執拗着怎麼也不肯。

店舖裏的一個傭工，看到爭吵的不像話了，就拿錢買了一個梨，送給道士。道士拜謝，對大夥說："出家人不知道吝嗇。我有好吃的梨，願意拿出來請客。"有人說："既然你有梨，怎麼不吃自己的呢？"道士說："我專門要這梨核作種子呢。"於是，道士捧着梨大口吃起來。吃完，把梨核捏在手裏，解下肩上背的鐵鏟，在地上挖了個幾寸深的坑，將梨核放進去，蓋上土。又向人們討要熱水澆灌。好事的人在臨街店舖裏要來了開水，道士接過去澆在挖的坑裏。許多人聚集來看熱鬧。只見有彎彎的幼芽冒出土來，慢慢大起來；不一會兒就長成樹，枝葉茂盛披散着；轉眼開了花，又結了果，果大芳香，纍纍滿樹。道士就在樹頂上摘下果子送給觀眾，剎時間就分光了。分完梨後，道士就用鑱砍樹，叮叮地砍了好久才把樹砍斷，帶着枝葉扛在肩膀上，從從容容慢慢走了。

開始，道士施展法術時，那個鄉下人也夾雜在人羣裏伸長脖子注意觀看，竟然忘了賣梨。道士離開以後，他才回頭看自己的車子，梨已經沒有了。這才醒悟到那道士剛才散發的梨，都是自己的東西。又仔細一看，一個車把沒有了，是新鑿斷的。心裏極為憤恨，急忙追趕道士。轉過牆角，看見那斷了的車把丟棄在牆下邊，才知道那道士砍斷的梨樹就是這個車把。道士卻不知哪裏去了。滿集市上的人都齜着牙笑話鄉下人呢。

嶗山道士

縣裏有個王生，排行老七，是個官宦人家子弟。從小就羨慕道教的法術，聽說嶗山有很多神仙，就背上書箱去尋訪。

登上一座山頭，有個道院，很是幽靜。有個道士坐在蒲團上，白髮披到脖頸，神采高超，不同凡俗。王七拜見後和他談話，老道士講説的道理非常奧妙，王七請求拜老道為師。老道士説："恐怕你嬌氣懶惰，不能吃苦耐勞！"王七回答説："我能吃苦！"

老道士的徒弟很多，傍晚集合在一起，王七一一向他們行禮。於是，王七就留在道院裏。大清早，老道士喊了王七去，交給他一把斧子，讓他跟隨大夥去打柴割草。王七恭敬地接受了。

過了一個多月，王七手腳都生了厚厚的老繭，吃不下這種苦，暗暗有了回家的意思。

　　一天傍晚，王七回到院裏，看見有兩個人和師父一塊喝酒。天色已晚，還沒點起燈燭。師父就剪了張紙，像鏡子一樣，貼在牆上。一會兒，那張圓紙像月亮般明亮，光耀全屋，亮得可以看到細針。各個門人圍繞四周，聽候差遣。

　　一個客人說："美好的夜晚，極興的快活，不能不共同享受！"就在桌子上拿了壺酒，分賞給各個徒弟，並且囑咐盡酒量喝。王七心裏想，七八個人，一壺酒哪裏分得過來？徒弟就各自找碗和杯子，爭着先喝酒，只怕壺酒喝完。可是斟了一遍又一遍，壺酒竟沒有減少一點。王七很覺奇怪。

　　一會兒，一個客人說："承蒙賞賜月光照耀，可是就這麼悶悶喝酒嗎？怎麼不呼喚嫦娥前來呢！"於是把筷子扔進月亮裏面，只見有一美人，自月光裏出來，起初不滿一尺，落在地上，就和人一般高了。她那纖細的腰身，秀美的脖頸，飄忽着跳起霓裳舞。接着，唱起歌來："仙仙乎，而還乎，而幽我於廣寒乎！"歌聲清脆悠揚，強烈得像是簫管演奏。唱完歌，飛旋着飄起，跳到案几上。大夥正在驚奇地看時，那美人已經又變成筷子了。師父和客人哈哈大笑起來。

又一個客人說："今天夜晚特別高興，可是酒實在不能再喝了。還是到月宮裏給我飲酒送行吧！"三個人和酒席都移動着，漸漸進到牆上的月亮裏去了。徒弟們看着那三個人坐在月亮中間飲酒，連鬍子眉毛都看得清清楚楚，就像人影顯現在鏡子裏一樣。

過了一陣子，月亮漸漸暗下去。徒弟們點來蠟燭，只見老道士獨自坐着，客人都已經沒有影蹤了。案几上還剩下菜餚和果核，牆上那個月亮，只是一張鏡子般圓的紙片罷了。道士問大夥："酒喝足了嗎？"回答說："喝足了！""既然喝足了，就應該早些睡覺，別耽誤了明天打柴割草！"大夥答應着退下去。王七心裏羨慕師父的法術，回家的念頭打消了。

又過了一個月，王七受苦實在熬不過去了，而且道士又沒有傳授一點法術，心裏等不得了，告辭說："徒弟從幾百里外前來向仙師學道，即使不能學到長生不老的秘訣，如能學到一點小法術，也可安慰一下我這求知的心願。如今經過兩三個月，只不過是早晨打柴晚上回來。徒弟在家裏時，從來還不習慣這般苦役。"道士笑起來，說：

“我本來就説你吃不了這苦，如今果然是這樣。明天早晨就可以打發你走。”

王七説：“徒弟幹了這麼多日子的苦工，師父略微傳授點小法術，也算沒有白來一趟。”道士問：“你要求學甚麼法術呢？”王七説：“我常常看到師父走路，牆壁都隔阻不住。只要學到這個法術就滿足了。”道士笑着答應了。於是就傳授給王七秘訣，讓他自己唸咒語，唸完，道士喊道：“進牆去！”王七面對牆壁，心裏害怕不敢走進去。道士説：“試着進牆！”王七慢步前進，到了牆前給擋住了。道士説：“低下頭猛然進牆，不用猶豫。”王七果然離開牆幾步遠，低頭奔跑過去，到了牆壁，如同空空的沒有物件，回頭一看，已經是在牆外面了。王七十分高興，回來拜謝師父。師父説：“回去後應當行為端正，不然法術就不靈驗了。”就發給王七盤纏費用，打發他回家去了。

王七回到家，自己誇説遇見了神仙，多麼堅硬的牆也阻隔不住自己。他的妻子不相信。王七就按照道士教的做法，離開牆壁幾尺遠，低頭奔過去，頭碰到硬牆上，猛地跌倒了。妻子扶起來看，王七的額頭上鼓起個大包，像雞蛋那麼大。妻子嘲笑他。王七又是羞愧又是氣憤，大罵老道沒長好心眼。

蛇　人

東郡某甲，以玩蛇作職業。他餵養着馴服的兩條蛇，都為青色，大的叫作大青，小的叫二青。二青頭頂上有個紅點，特別靈透馴順，玩起來昂頭擺尾，左右盤旋，完全適應蛇人的心意，蛇人特別喜愛牠。第二年，大青死了，蛇人想補大青的缺，再養一條蛇，但還沒得閒去尋覓。

一天夜裏，蛇人寄宿在山寺。到了天明，打開盛蛇的竹箱子，二青也不見了。蛇人失望悔恨得要死。到處尋找，急切呼喚，竟然沒有一點蹤影。過去，每逢密林深草的地方，蛇人就放出蛇去，使牠自在一番，不多會兒牠就返回來。由於這個緣故，就盼望着牠仍然像過去一樣自己返回。於是，坐在那兒等待着。太陽升起老高了，不見回轉，蛇人也沒了盼望，愁眉苦臉地就走了。剛出廟門不

臥倒在地，呼喚着，告訴着，二青才放鬆開來。牠又用頭碰竹箱子。蛇人領會到牠的意思，打開箱子放出小青。兩條蛇一見面，親熱得身軀交纏一起，像是麻花糖一樣，待了好久才分開。蛇人就囑咐小青："我早就想要和你分別，如今你有伴了。"又對二青說："原是你領小青來的，還是你領牠去吧。再囑咐一句話：深山裏不缺少吃的喝的，不要驚擾過路的人，以免受到上天的懲罰！"兩條蛇低着頭，似乎接受了蛇人的忠告。然後，猛然動身，大的在前面，小的在後面，離去了，走過的地方那草木都被分割開來。蛇人站立看着，直到看不見了才離去。

從這，過往行人照常走這條路，不知道二青和小青到哪裏去了。

妖 術

　　于公，年輕時就行俠仗義，愛好武術，力氣很大，能抓着個銅鼎作旋風舞。明代崇禎年間，他在京城參加宮廷考試，僕人得了疾病，臥牀不起，于公很是憂愁。正巧，街市上有個算卦很靈的人，能算定人的生死，于公就打算去替僕人問問卦。

　　于公到了那裏，還沒開口。算卦人說：“先生莫不是要問僕人的病嗎！”于公很驚奇，答應說是。算卦人說：“病人不要緊，先生您可是很危險！”于公就請他給自己算卦。

　　算卦人擺了一卦，吃驚地說：“先生你三天以內就當橫死。”于公又驚奇又詫異，愣了一大陣。算卦人從從容容地說：“我倒有點小法術，你酬謝我十兩銀子，我就能替你祈禱求神，消災避難。"于公心想，該活該死已定規好了，法術哪能解救得了。於是，也不回話就站起身來，打算出門。算卦人說："捨不得花這幾個小錢，可別後悔，可別後悔！"愛護于公的人都為他擔心害怕，勸說他倒空錢袋來哀求算卦人救命。于公沒有聽從。

很快到了第三天，于公端坐在客房裏，平靜地觀察着。一整天過去也沒有發生意外。到了夜裏，關上門點上燈，倚着寶劍挺直身子坐着，一更將要過去，也沒有甚麼事情。

于公正打算躺下睡覺，忽聽窗櫺的縫裏窸窸窣窣有聲響。急忙看去，見一個小人扛着長槍鑽進來，落在地上，就和人般高了。于公抓劍起身，趕忙刺去。那小人飄在半空，沒有被擊中，就猛然變小，又尋找窗縫，打算逃跑。于公趕忙砍去，手一到，那小人就被砍倒了。于公拿燈照看，原來是個紙人，已被從腰間斬斷了。

于公不敢再躺下，又坐着等待。過了一陣，有個東西穿破窗紙進來，形象獰獰像鬼一般。那怪物剛剛落地，于公急忙一砍，怪物被砍成兩截，還在一伸一縮地動彈。于公怕它再起來，又接連砍了幾下，每劍都砍中，聲音不像軟東西，細細觀看，卻是個泥巴偶像，已經碎成一片片的了。

於是，于公就把座位移到窗子下面，坐在那裏瞪着雙眼注視着窗縫。過了好長時間，聽得窗外像老牛喘氣般的聲響，有東西推着窗戶欞子，牆壁也在震動，看情勢像要倒下來。于公怕塌了房子被壓住，盤算着不如出去和它戰鬥，就霍地拉開門栓，跑出房外。

只見有個大鬼，身高齊到房簷。在昏暗的月光中，看見它臉黑得像煤，眼睛閃爍着黃光，上面沒穿衣服，下邊沒有鞋子，手裏拿着弓，腰袋插着箭。于公正在吃驚，那大鬼卻拉弓射箭了。于公用劍撥去射來的箭，箭落在地上。于公正要進擊，那大鬼又拉弓射箭了。于公急忙一跳避過，那箭穿在牆壁上，顫抖着發出聲響。大鬼十分憤怒，拔出腰刀，揮動如風，朝着于公用力劈來。于公低頭彎腰衝向前去，那刀卻擊中院子裏的石塊，石塊立刻斷成兩截。于公鑽過大鬼的兩腿之間，用劍削中大鬼的腳踝，吭地響了一聲。大鬼更加憤怒，吼叫如雷，轉過身來又剁下來。于公又伏下身子鑽過去，那刀落下，斬斷于公的裙子。于公已鑽到了大鬼的胸肋間，猛然砍去，又是吭地一聲，大鬼跌倒不動了。于公又亂砍了一陣，聲音很硬，像敲木梆子般。用燈照看，是個木頭人，身軀和人一樣，弓和箭還纏在腰間，那木頭人臉刻畫得很兇惡，劍砍的地方都冒出血來。

於是，于公掌着燈，坐等天明。這時才醒悟到那些鬼物全是算卦人派遣來的，打算把人給整死，來證明他算卦靈驗神奇。

第二天，于公把事情告訴了各處的知己朋友，和他們一起到了算卦人的住處。那算卦人遠遠看見于公來了，一眨眼便不見了。有人説："這是隱身法，用狗血就能破除。"于公就按那人説的，作好準備又去了。那算卦人又像上次那樣隱去身影。于公急忙用狗血潑向算卦人站的地方，只見那算卦人頭上臉上全是狗血模糊，閃動着兩隻眼，像鬼一樣站着。于公捉住算卦人，送到官府，官府把算卦人殺了。

葉　生

　　淮陽縣有個葉生，忘記他叫甚麼名字了。他的文章詞賦寫得好，當時沒有人能比得上，可是處處不得志，科舉考試總是考不取。正巧，關東丁乘鶴來當這縣的縣官，見到葉生的文章，很是驚奇欣賞，召見談話，甚為喜愛。就讓他到衙門裏來讀書，還常常賞賜金錢糧食周濟他的家庭。

　　到了科考時候，丁公向學使推薦，稱讚他的學問，於是，葉生預考得了第一名。正式考試後，丁公要了葉生的考試文章來讀，拍案叫絕，十分讚賞。誰知道天數限人，文章好了運氣就不佳，張榜了，仍然沒有考中。葉生垂頭喪氣地回來了，覺得對不起知己丁公，清瘦得皮包骨，傻呆得像木頭人。丁公知道了，叫他來竭力安慰。葉生只是傷心落淚。丁公非常同情，約定等做官任滿進京時，帶他一塊北上。葉生萬分感激，告辭回了家，閉門下苦功讀書。

不久，葉生病倒了。丁公經常派人贈送東西，進行慰問。可是，葉生吃了上百副藥，病情也不見好轉。丁公正因得罪了上司被免了官，將要解官回去，寫了封信給葉生，大致說："我就要東去了，所以遲遲不走，是等着你來。你早晨來到，我們晚上就可出發了。"信送到病牀前，葉生拿着信哭泣着，告訴來人捎話："自己病得厲害，難以很快好轉，請丁公先走吧！"來人回去稟告了，丁公不忍心走，仍然慢慢等待葉生。

過了幾天，看門人進來通報說葉生來了。丁公高興，出來迎接詢問。葉生說："因我有病，麻煩老師等待，越想心越不安。如今幸而可以追隨在您左右了。"於是，丁公收拾行李，等到天明，上路了。

到了老家，丁公叫兒子拜葉生為師，讓他們日夜在一起。公子名叫再昌，這時十六歲，還不會作文章，可是絕頂聰明，不管甚麼文章，讀上三兩遍，就忘不了。過了一年，再昌就能下筆作出文章，加上丁公的力量，就考中了秀才。葉生就把自己考舉人的作業，全寫出來教給公子讀熟。考場出的七個題目，全都在裏面，再昌中了第二名舉人。

一天，丁公對葉生說：“你拿出點多餘的才學，就幫着我這笨兒子中了舉人。可是，你這有才學的人，卻長期被埋沒，那怎麼行呢？”葉生說：“這大概是命裏注定的吧！借着你家的福氣，給我的文章出了氣，讓天下人知道我半輩子淪落，並不是文章不行，我的願望也就滿足了。況且，書生得到一個知己，也就不覺得遺憾了，何必要丟掉白布秀才衣裳，才算是走運呢！”丁公擔心葉生長期在外，耽誤他原籍歲試，勸他回去探親。葉生聽了，臉色淒慘很不痛快。丁公不忍勉強他走，於是囑咐公子進京，給葉生交錢捐了個監生。公子再昌又考中了進士，任命為部裏的主事官，帶着葉生去京城，進了國子監。兩人早晚常在一起。

過了一年，葉生在順天府考試，中了舉人。正好這時，再昌被派到南河治河，就對葉生說：“我這次前去，離着你家鄉很近，先生高中舉人，衣錦還鄉是件樂事！”葉生也樂意，選了個好日子，一同上了路。

到了淮陽縣界，再昌安排僕人和馬匹送葉生回家。葉生到家，看見門戶很是冷落，心裏覺得淒涼悲傷，一步一挪地走到院裏。妻子端着簸箕走出房門，看見葉生，扔下簸箕嚇跑了。葉生傷心地說：“我現在中了舉了！三四年不見面，怎麼就忽然不認識了呢？"妻子站得遠遠的説：
"你死了好幾年了，怎麼説中了舉人呢？這麼長久停放棺
材沒能下葬，是因為家裏窮孩子小呵！如今，大孩子長成
人了，就要看好墓穴安葬棺材，你不要作怪嚇唬活人呵！"
葉生聽這一説，覺得失望，心裏空落落地，挪着步子走進
屋裏，看見棺材擺在面前，身子一歪倒在地上就沒有了。
妻子吃驚地一看，那葉生的衣帽鞋襪像蛇蜕皮般堆在地
上。妻子難過極了，抱着衣裳大聲號啕。兒子從塾房回
來，看到門前停着馬車，問清從哪裏來，嚇得跑進家告訴
媽媽。媽媽哭着訴説了剛才的事，又仔細問了跟來的人，
才明白了事情經過。

　　跟來的人回去了，公子聽了傷心流淚，趕忙坐車到葉
家哭喪弔孝，拿出錢來辦理喪事，按舉人的身份葬埋了葉
生。然後，又給葉生的兒子留下不少錢，請老師教他讀
書，又將情況説給學使。第二年，葉生的兒子考中了秀才。

王　成

　　王成，平原人，原來是個官宦子弟。這人好吃懶做，日子越過越窮，窮得只剩下幾間破房，沒有被子，就鋪着蓑衣睡。老婆嫌他懶，兩口子常吵架。

　　這時候正是三伏天，熱得難熬。村子外面有個周家園子，院牆、房屋全倒塌了，只剩下個亭子；村裏人圖涼快，很多人宿在這裏，王成也在這睡。天傍亮時，納涼睡覺的村裏人都走了。日頭出來有三竿子高後，王成才醒過來，擦擦眼，打個呵欠，拖着鞋，懶洋洋地出了亭子。剛走了幾步，就看見草裏有一股金釵，撿起來一看，上面還有小字，刻的是"儀賓府造"。王成祖上是王府的女婿，家裏原來的物件，大都有着這種字樣。這可怪了，這東西是哪裏來的呢？他就攥着金釵琢磨起來。

忽然，有個老媽媽走過來，尋找金釵。王成雖然窮，可是很正直，伸手就把金釵遞過去。老婆婆接到手一看，很是高興，就說："你真是拾金不昧呀！金釵不值多少錢，只因為是去世的丈夫贈送的紀念品，捨不得丟掉呵！"王成就問："老人家的丈夫是誰呀？"回答說："是原來的儀賓王柬之！"王成很驚奇："那是我的祖父呵！您怎麼認識他？"老媽媽也很驚奇："你就是王柬之的孫子嗎！我是狐仙，百年前和你祖父交情很厚。你祖父去世後，我就隱修起來。今天經過這裏丟了金釵，正好你拾到啦，這不是天數嗎？"王成也聽說過祖父有個狐仙妻子，所以相信她說的話，就請她回家去看看。

老媽媽跟着他回了家。王成叫妻子出來拜見。老媽媽看見媳婦面黃肌瘦，穿着補釘羅補釘，歎息說："嘿！王柬之的孫子竟然窮到這種地步！"又看到破灶裏沒生火，就說："家道敗落到這地步，這日子怎麼過呀！"王妻詳細述說了貧困情況，嗚嗚咽咽哭起來。老婆婆把金釵交給媳婦："你先當點錢買米，過三天我再來。"王成挽留她住下，老媽媽說："你連媳婦都養不起，我留下望着個空屋，於你有甚麼好處！"說完就走了。王成就把在園子裏拾釵遇見老媽媽，老媽媽是狐仙的事告訴妻子，妻子很怕。王成説狐仙可義氣啦，你別怕，要當老婆婆來侍奉她。妻子答應下來。

過了三天，老媽媽果然來了。拿出幾兩銀子，買了幾石糧食，晚上和媳婦睡在一張牀上。媳婦原來還有點擔驚，見老媽媽這麼親熱，也不疑心了。

第二天，老媽媽對王成説：「孫子呀！你要勤快些，做個小買賣吧，光承吃坐穿哪能長久呵！」王成告訴她沒本錢。老媽媽説：「你祖父在世時，錢隨便花；我是世外的人，用不着這錢，從沒多拿過。這裏有積攢下的買花買粉的銀子四十兩，存着也無用。你拿去全買成夏布，馬上去京城，可以賺幾個錢。」王成拿了銀子，買了五十匹夏布回來。老媽媽給他打好行李，算計着六、七天就能到京城，囑咐説：「要勤快，別懶惰；要快去，別緩慢。要遲到一天，後悔也晚了。」王成答應下來，帶着貨物，往京城去了。

到了半路下起雨來，衣服淋了個透濕，鞋上沾滿了濕泥。王成哪裏經受過這種艱苦，又累又乏。就到旅店暫歇，等晴了天再走。哪知道，這雨越下越大，嘩嘩啦啦直下到黑，房簷滴水像繩子一樣。過了一宿，地上更是泥濘，看看過路行人，稀泥沒了腳脖，王成心裏怕吃這苦。

等到晌午，地上乾燥了些，一會兒又是陰雲四合，大雨傾盆。又過了一宿，才上了路。快到京城了，聽人說夏布價格很高，王成心裏暗暗歡喜。

進了京城，王成放下行李，住了客店。店主人說："可惜，可惜！你來晚了！"原來，南方戰亂才停，行人剛能來往，夏布來得很少，王府裏急着買貨，價錢猛漲，比平時貴了三倍。頭一天，剛買夠數，王府不收了。聽到這消息，王成心裏像堵上塊磚頭，真是不巧呀！過了一天，夏布來貨更多，價錢跌下來。王成算計了一下，這個價錢無利可圖，不能賣。過了十多天，一算飯錢、店錢，花銷不少，真是愁煞人了！店主人勸他，乾脆賤賣了吧，辦點別的貨或許好些。王成沒法，把夏布全賣掉，賠了十多兩銀子。清晨起來，收拾行李，一看錢袋子，銀子全丟了。王成急忙告訴店主人，店主人吃了一驚，也想不出辦法。有人勸王成去告狀，住店失盜，店主人該賠。王成歎息說："這事怪我自己倒霉，怎麼能怨恨店主人呢！"店主人很感激，送給王成五兩銀子，勸他回家。

王成自己揣摩，這樣子怎麼能回去見祖母呢？出來進去，拿不定主意。忽然看見有鬥鵪鶉的，賭一次往往要幾千個錢，賣一頭鵪鶉也要值上百個錢。他算算手裏的錢，只夠販鵪鶉用的，就和店主人商量。店主人很贊成，慫恿他幹，説：「店錢飯錢我都不要了。」王成高興，馬上出外販了一擔鵪鶉，又回到京城。店主人祝願他早些賣出去，賺幾個錢。

這天夜裏，又下起大雨來，一下下了一宿。天亮一看，街道上水流成河。雨還是淅淅瀝瀝地下着，幾天也不見個晴。王成掀開籠子看看，鵪鶉有的死了，王成十分害怕，不知該怎麼辦才好。又過了一天，鵪鶉死得更多了，僅剩下幾隻，併在一個籠子養着。過了一宿再看，僅剩下一隻了。王成懊喪極了，急忙去告訴店主人，説着説着傷心地掉下淚來。店主人也為他歎氣。王成心想，老本虧掉，沒法回家，只想尋死。店主人直勸他，拉着他一塊去看鵪鶉。店主人端詳了一陣，説：「這鵪鶉像是個英物。那些鵪鶉死掉，未必不是牠鬥殺的。你反正閒着沒事，把着牠，要是能鬥，賭個輸贏，也可以謀生活。」王成聽了他的話，把鵪鶉餵養馴服了，把到街市上去，賭個吃喝。這隻鵪鶉可能鬥啦，常常鬥敗別的鵪鶉。店主高興，給了王成幾兩銀子，讓他和有錢人家的子弟打賭鬥鶉，連戰三場，場場得勝。這麼過了半年，積蓄下二十多兩銀子。王成心裏越來越開懷，把這隻鵪鶉看成命根子，小心照顧，精心飼養。

當時，大親王很喜好鵪鶉，每逢到了正月十五，常放民間把鶉的進王府鬥鵪鶉。店主對王成說：“如今可以馬上發大財，就看你的命運如何啦！”王成問：“是甚麼事？”店主告訴他緣由，領着王成去了，又囑咐說：“要是鬥敗了，認晦氣回來就是了；要是萬一鬥勝了，大王必然要買下，你可別應許賣；要是非買不可，你就看我的眼色，我點了頭，你再答應賣給他！”王成說：“好！”

兩人進了王府，一看，把鶉人來得可真不少，擠滿了院子。待了一會兒，大親王出殿坐下。侍候的人宣告：“有願意鬥鶉的，可以上來！”就有一個人把着鶉，躬着身子上了殿台。大親王命令放起鵪鶉，來客也放起他的。兩隻鵪鶉飛起，鬥了幾下，來客的鵪鶉就鬥敗了，大親王哈哈大笑起來。不多會兒，上去的幾個，全都被大親王的鬥敗了。店主人說：“是時候了！”領着王成，把着鵪鶉走上台去。大親王看了一下這隻鵪鶉，說：“嗯！這隻鵪鶉，眼珠上有怒脈，是隻能鬥的，不能輕敵！”命令拿出鐵嘴兒鵪鶉來鬥。兩隻鵪鶉飛起，你一嘴，牠一啄，騰躍了幾下，鐵嘴兒給鬥敗了。大親王換了個更好的，又被鬥敗；再換一個，又敗了。大親王着了急，命令取出宮裏的玉鶉來！轉眼，把出玉鶉。只見這隻玉鶉，渾身白羽毛像白鷺一般，昂頭四顧，神氣雄俊，不同尋常。王成可洩了氣，跪下哀求說：“別鬥啦！大王的鶉，是神物呵，怎敢和牠鬥！傷了我的鶉，我就沒指靠了！”大親王笑啦，說：“放起來鬥吧！如果鬥死了你的，我重重地賠償你！”王成把鶉放起來。玉鶉一見，倏地一下直奔過去啄牠。開頭，王成的鵪鶉趴伏在那裏，摩挲着羽毛等着；玉鶉一啄，牠就像鶴一樣振翅飛起，猛然啄下來。你進我退，你退我進，飛上擊下，飛下迎上，來來往往，兩個鵪鶉鬥了一大陣子。玉鶉的勁頭慢慢鬆散下來，王成的鵪鶉卻越鬥越厲害，越鬥越急促。不多會，只見空中飄飛着不少白羽毛，玉鶉夾起翅膀逃跑了。觀眾上千人，都看呆了，一見王成的鵪鶉得勝，七嘴八舌，又是讚歎，又是羨慕。

大親王這時也離開座位，要過王成的鵪鶉來，把在手上，從鳥嘴直到爪子，細細看了一遍。隨着就問：“你這鵪鶉賣不賣呵？”王成回答說：“小人家裏沒產業，和牠相依為命，不願賣牠。”親王說：“多給你錢嘛！給你個中等人家的錢財，你願意吧！”王成低下頭想了一陣，說：“本來是不願意賣牠。可是大王既然喜歡這玩物，只要使小人不愁吃穿了，我還求甚麼呢！”親王問：“得多少銀子？""要一千兩！"親王笑了："真是説呆話。這是甚麼寶貝呵，能值千兩銀子！"王成説："大王不把牠看成寶貝，可是在小人看來，就是價值連城的玉璧，也超不過牠！"親王説："這話怎麼講？"王成説："小人把牠去市上鬥鶉，天天贏幾個錢，買上點糧食，一家子十幾口人，就不愁沒飯吃沒衣穿了。甚麼寶貝能頂得上牠！"親王説："我不虧待你，給你二百兩銀子！"王成搖搖頭。親王又添了一百兩。王成看看店主，店主不動聲色。王成就説："大王既想要，我就減一百兩吧！"親王説："算了！誰肯拿九百兩銀子買一隻鵪鶉呵！"王成把起鵪鶉就往外走。親王喊着："玩鶉的回來，玩鶉的回來！實實在在給你六百兩，願意就算成交了，不然就不要了！"王成又看看店主，店主仍然不點頭。王成覺得這個數不算少，心滿意足了，恐怕弄成僵局，錯過時機，就説："噯！這個價錢賣了，心裏實在不滿意；可是買賣不成，就得罪了大王。沒法子，就按大王説的辦吧！"大親王高興極了，立即讓稱了六百兩銀子，付給王成，留下鵪鶉。王成裝起銀子，拜謝了走出府來。路上，店主埋怨説："我説的怎麼樣，你怎麼那麼急於賣掉呵？再稍爭爭，八百兩銀子在手上了！"回到客店，王成把銀子扔到桌子上，請店主人自己拿。店主不要，讓了一陣，店主才算下了賬，只收了飯錢。

　　王成回到家鄉，詳細說了經過，取出銀子，一家都很高興。老媽媽讓買了三百畝好地，蓋上房子，置辦了家雜，居然成了富戶人家。老媽媽天傍亮就起牀，叫王成督促耕地收割，叫媳婦督促紡紗織布，兩人稍微懈怠，就訓教呵斥。兩口子也很聽話，一點也不敢有埋怨的念頭。這樣過了三年，日子越過越富。老媽媽要告辭回去。兩口子再三挽留，直到哭了起來，老媽媽這才不走了。第二天早晨，兩口子去問候早安，推開門一看，老媽媽已經不見了。

畫 皮

　　太原王生，清早趕路，遇見一位女郎，只見她抱着個包袱，獨自個兒急忙走着，步履甚是艱難。王生緊走幾步趕上去，一看，原來是個十六七歲的美人兒。王生心裏喜愛，問道："怎麼大清早的一個人趕路？"女郎說："走路的人，不能給人分憂解愁，用不着勞神問這些事。"王生問："你有甚麼憂愁呢？如果能幫忙，決不推辭！"女郎滿臉愁雲，說："父母貪財，把我賣給富貴人家。大老婆很嫉妒，整天打罵，實在忍受不下，只好逃到遠方去。"問："去哪裏？"回答說："逃跑的人，哪裏有個準確地方。"王生說："我家離這裏不遠，就請委屈前去吧。"女郎很高興，應許跟他去。王生替她提着包袱，領着她一起回家來。女郎看到屋裏沒別人，問："你怎麼沒有家小呢？"回答説："這是書齋呢！"女郎説："這地方太好了。如果可憐我，要救我的命，必須保守秘密，不能洩露出去。"王生答應了。兩人一塊睡了。王生把女郎藏在密室裏，過了好多天，外人也不知道。王生對妻子略微透了點風，妻子陳氏擔心那女郎是大戶人家的小老婆，怕惹是非，勸王生把女郎打發走。王生不聽勸説。

一天，王生偶然到市集上，遇見個道士。道士看着王生很驚愕，問："你遇到甚麼了？"回答説："沒有呵！"道士説："你渾身被妖氣纏繞，怎麼説沒有呢！"王生竭力辯白。道士就走了，隨走隨説着："中邪了！人世間真是有死到臨頭還不醒悟的人哩！"王生聽他話語奇巧，有些懷疑女郎，可又一想明明是個美人兒，怎麼能是妖怪，覺得道士這麼説，無非是借着畫符唸咒混碗飯吃罷了。

不多會兒，王生來到書房大門。那大門卻從裏面閂着，進不去。王生心裏犯疑，女郎在房裏幹甚麼呢？於是，他越過牆的缺口進了院子，只見那房門也關着。他放輕腳步走到窗下，朝裏窺探，只見一個惡鬼，面色鐵青，牙尖尖如同鋸齒，將人皮鋪在牀上，拿畫筆在上面塗繪，繪完，扔掉畫筆，舉起人皮像抖衣裳一樣抖了抖，披在身上，立即變化成那個美人兒。王生親眼看見這般情景，怕得要死，趴着爬出來。急忙追尋道士，卻不知上哪裏去了。到處尋訪，在郊外才遇見道士，王生直挺挺跪着請求救命。道士說：“替你趕走她吧！這個東西也很苦，剛剛找個替身，我也不忍傷害她。”就將自己的蠅拂交給王生，叫他掛在臥室門上。臨別時，約定在青帝廟再見面。

王生回家，不敢再去書房，就睡在家中臥室裏，門口掛上拂子。到了一更多天，聽到門外呱唧呱唧走路聲音。王生自己不敢偷看，就讓妻子偷着看看。只見那女郎來了，望着那拂子不敢再向前走，站在那裏恨得直咬牙，待了好長時間才離去。不多一會，那女郎又回來了，口裏罵着說：“道士嚇唬我！難道能讓進口的食物再吐出來嗎！”抓過拂子扯碎了，撞壞房門闖進來，直接上了牀，撕開王生的肚皮，掏出心捧着走了。妻子號叫起來。丫環跑來拿燈一照，王生已經死了，胸膛上鮮血淋滴。妻子陳氏嚇壞了，只是流淚卻不敢出聲。

第二天，王生的妻子叫弟弟二郎跑去將禍事告訴道士。道士很生氣，說：“我本來是可憐她，這鬼竟然敢這樣子！”立刻跟着二郎來到王家。這時，那女鬼已經不知到哪裏去了。道士仰起臉來四方望了望，說：“幸虧逃得不遠。”接着問：“南院是誰家？”二郎說：“是我的家呵！”道士說：“那鬼如今在你家裏。”二郎愕然，認為不會有。道士問道：“有沒有一個生人來過。”回答說：“我起早就去青帝廟了，實在不知道。該回去問問。”二郎去了，一會兒又返回，説：“真有人來過。早晨時候，一個老太婆來，想僱給我家打雜工，我女人留下她，還在那裏呢！”道士説：“就是這東西了。”道士就和二郎一塊去了。

道士手持木劍，站在院中，大聲喝道：“惡鬼賠我的拂子呵！”那老太婆在房裏嚇得驚慌失措，面無血色，出門就要逃跑。道士趕上，一劍砍去，老太婆摔倒在地，人皮哧地一聲脱落下來，變成惡鬼，趴在那裏豬般號叫。道士用木劍割掉惡鬼的頭，那惡鬼身子化成濃煙，團團轉成一堆。道士拿出一個葫蘆，拔去塞子，放到煙堆裏，颼颼地像用口吸氣般吸那濃煙，轉眼間煙吸完了，道士塞住葫蘆口，裝進袋子裏。大家看那人皮，眉眼手腳，樣樣都有。道士將人皮捲起來，像捲畫軸一般聲響，也裝進袋子裏，然後告別要走。陳氏跪迎在門口，痛哭着請求施展法術救活丈夫。道士推辭説沒有這個能耐。陳氏更加悲痛，跪伏在地上不起身。道士想了一大陣，説：“我的道術淺薄，實在不能救活死人。我推薦一個人，也許他能行，去求他必當有個好結果。"問："甚麼人呢？"說："市上有個瘋子，常常躺在糞堆裏。你試試跪着哀求他。倘若他發狂病羞辱了你，你可不要生氣呵！"二郎也熟知這個人，就和道士告別，和嫂子一塊去了。

只見那個乞丐在路上瘋瘋癲癲地唱歌，鼻涕有三尺長，骯髒得人人都嫌棄。陳氏跪着走到那人面前。乞丐笑着說："美人兒，愛我嗎？"陳氏告訴他來求他的緣故。乞丐哈哈大笑，說："人人都可以是丈夫，救活他幹甚麼？"陳氏苦苦地哀求，乞丐就說："怪啦！人死了求我治活，我是閻王爺嗎！"生氣地拿拐杖打陳氏，陳氏忍住疼捱打。市上的人越來越多，圍起來像一道牆。那乞丐咯出一把濃痰，舉到陳氏嘴前，說："吃了它！"陳氏滿臉漲紅，神色為難。又想起道士囑咐的話，就勉強吃下去，覺得進了嗓子，硬得像棉團，格格楞楞嚥下去，停結在胸膛間。那乞丐哈哈大笑，說："美人愛我呀！"就站起身，也不回頭看看就自顧自走了。陳氏尾隨着走，進到廟裏，趕上去再求告，卻不知哪裏去了，前前後後找個遍，一點蹤跡也不見了。她又是羞慚又是悔恨地走回家去。

陳氏既悼念丈夫死得慘，又後悔吃痰的羞辱，哭得前仰後合，但願自己也趕快死了吧！她擦淨血跡收斂死屍，家裏人都站在一邊看着，沒有敢靠近的。陳氏抱着屍首收拾腸子，一邊整理一邊痛哭，哭到極點，聲音也嘶啞了，突然要嘔吐，覺得胸腔裏那塊東西突然蹦出來，來不及回頭，那東西已掉進丈夫的胸腔裏了。陳氏吃驚地一看，是顆人心呵，在胸腔裏突突地還在跳動，熱氣騰騰像是在冒煙。陳氏驚奇極了，趕快用雙手把那胸腔合攏，用力抱着擠緊，稍一鬆懈，就熱氣迷漫着從裂縫裏露出來。就撕塊綢子，急忙捆紮好。用手摸着屍體，覺得慢慢溫活了，又蓋上被子。到了半夜，陳氏掀開被子看看，王生能喘氣了；到了天明，王生竟然活過來了。王生對人說："迷迷糊糊像做了場夢，只是覺得肚子絲絲拉拉地疼罷了。"看看那被撕破的地方，結的疤像銅錢那樣，不多久，王生就恢復健康了。

聶小倩

　　寧采臣，浙江人，性情豪爽，品行端正。常對人説，除了妻子外，不愛別的女人。這次，他去金華，來至北門外，見到一個寺廟，卸下行李進去了。寺裏佛殿佛塔宏偉壯麗，可是蓬蒿高得沒過人身，似乎沒有人跡。東邊西邊的和尚住房，兩扇門卻是虛掩着，只有南邊的一個小房，門鎖像是新的。再看看殿東角，青竹長得粗大茂盛，台階下面有個大水池，野荷已經開花了，心裏喜歡這裏幽靜。當時正值學使到各府舉行考試，城裏住房租價昂貴，寧生想在這裏住下，於是在院裏散步，等待和尚回來。

　　到了傍晚，有個書生走來，打開南邊小房的門。寧生趕忙走過去行禮，並訴説自己打算住下的意思。那人説：“這地方沒有房主，我也是寄住，你不嫌這裏冷清而住下，早晚能得你指教，很感榮幸！"寧生頗為高興，鋪了茅草當牀，支起木板代替桌子，打算長住下來。這天晚間，月色明亮，清光似水，兩個人親熱地坐在廊房下面，各自介紹姓名。那人自己說是姓燕，字叫赤霞。寧生以為他也是來考試的秀才，可是聽他說話的聲音，不像浙江人。問他，那人自己說是陝西人，話語質樸誠實。過了一會兒，兩人都沒話可說了，於是拱拱手告別，各回房間休息。

寧生由於新住這裏，久久不能入睡。只聽得房北低聲細語，似乎有人家。起來伏在北牆石窗下面，偷偷觀察，只見牆外有個小院子，有個婦女大約四十多歲，還有個老太婆穿着暗紅色衣服，頭上戴着長長的銀梳篦首飾，老得駝了背。兩人在月下說話。那婦女說："小倩怎麼這麼久還不來？"老太婆說："大概快來了！"婦女說："沒有向姥姥發怨言吧！"老太婆說："沒有聽到。但心情似乎不大高興！"婦女說："這丫頭不宜好好待承她！"話沒說完，有一個十七八歲的女子走來，影影綽綽裏看來非常漂亮。老太婆笑着說："背地裏不談論別人。我兩個正唸道，小精靈丫頭悄沒聲走來，虧了沒褒貶你短處。"又接着說："小娘子確是畫上人物，要是我是個男人，也被你勾了魂去了。"女子說："姥姥要是不誇獎，還有誰能說好呢！"

那婦人和女子又不知説了些甚麼。寧生尋思那是鄰居的家眷，睡下不再去聽。又過了一陣子，才靜寂下來沒了聲音。

寧生矇矓間正要睡着，覺得有人進了屋子，趕忙起身觀看，來的卻是北院的那個女子。寧生吃驚地問她怎麼來了。女子笑着説："月夜睡不着，希望和您相好。"寧生嚴肅地説："你該提防公眾議論，我怕人説長道短。一步走錯，就喪盡廉恥了！"女子説："半夜三更，無人知道！"寧生斥責她。女子猶豫着好像還有話説。寧生大聲嚇唬説："快去！不然，我就喊南屋那人讓他知道！"女子害怕了，這才走出去，到了門外又返回來，拿出一錠黃金放在褥子上。寧生抓起金子就扔到院子裏的台階上，説："這種不義之財，髒了我的口袋！"女子很是慚愧，走出去拾起金子，自言自語説："這漢子真是鐵石心腸呵！"

第二天清晨，有個蘭溪生帶着一個僕人來應考，住在東廂房裏，到了夜裏突然死了。他足心有個小洞像錐子刺的，細細地流血。大家都不知甚麼緣故。過了一宿，那僕人也死了，症狀也是蘭溪生那樣。到了晚間，燕生回來，寧生就問他那是怎麼回事，燕生認為那是讓鬼迷了。寧生平素很亢直，也不放在心上。

到了半夜，女子又來了，對寧生説：“我見到的人很多了，沒見到像你這麼剛強的。你確實是有德行的人，我不敢蒙騙你，我叫小倩，姓聶，十八歲上早亡，埋葬在寺旁。妖怪經常威脅差遣我幹下賤事情，我厚着臉皮侍奉人家，實在不自願。如今寺廟裏沒有可以殺害的人，恐怕要派夜叉到你這裏來了。”寧生很害怕，請她出個主意。女子説：“你和燕生住在一塊，就可避免災禍。”問：“怎麼不去迷惑燕生呢？”説：“他是個奇人呵，當然不敢接近他。”問：“怎麼個迷人法呢？”説：“玩弄我的人，就暗暗用錐子刺他的腳，他就迷糊着沒知覺了，攝出他的血來供給妖怪喝；有的就用金子，那不是金子，是惡鬼的骨頭，誰留下金子，就被截取出心肝。這兩種辦法，都是投合當事人的喜好罷了。”寧生表示感謝，並且問她甚麼時候戒備才好，回答説在明天晚上。女子臨走時哭着説：“我陷進無邊苦海裏，尋求不到堤岸。先生你義氣沖天，必然能救苦救難。倘若能包起我的朽骨，回去埋葬在安靜的墓地，你大恩大德就如同重生父母了！”寧生乾脆地答應下來，問她葬在甚麼地方。女子説：“只要記住白楊樹上有烏鴉窩的地方就是了。”説完出門，身影消散了。

第二天，寧生怕燕生到別處去，一早就去邀請。到了辰時以後，置辦了酒菜招待，留意觀察燕生。談話間，寧生約請燕生住在一起，燕生推辭說自己性格孤僻，喜好安靜。寧生不理睬，硬是將燕生的被褥攜到自己住房來。燕生不得已，只好搬着牀鋪跟過來。燕生囑咐說："我知道你是個好漢子，非常欽佩。總之我有些不好説明的話，難以馬上相告，希望不要翻看我的箱子包袱，違犯了，你我都沒有好處。"寧生應許下來。一會兒，各自睡下了。燕生拿出個箱子放在窗台上，頭挨上枕頭不多會兒，打呼嚕的聲音像雷吼。寧生卻睡不着覺。到了一更多天，窗戶外面隱隱約約有人影。一會兒，那影子靠近窗子向裏窺探，目光明亮閃爍。寧生害怕，正要呼喊燕生，忽然有個物件撕裂開箱子鑽出來，明亮得如同一匹白綢子，碰斷窗上石欞，猛然一射，就立即迅速收斂入箱子，如同閃電熄滅。燕生驚覺起身，寧生假裝睡着偷偷觀看。燕生捧着箱子揀出一樣物件，對着月亮聞聞看看，那物件錚亮透明，長有二寸，寬也就如韮菜葉。看過後，燕生用幾層包裹包結實，仍舊放進破了的箱子裏，自言自語說："甚麼樣的老妖精，竟然這麼大膽，箱子都給弄壞了。"說完就又睡了。寧生非常奇怪，就起身問他，並且告訴他剛才所見到的事情。燕生說："既然相互有交情，哪敢再隱瞞。我是個劍客。若不是碰到石欞，妖精就能立刻給殺死了。雖然這樣，也受了傷。"問："包裹的是甚麼東西？"說："是劍。剛才聞了聞，劍上有妖氣。"寧生想看看，燕生痛快地拿出來給他看，是把亮晶晶的小寶劍。於是寧生更加敬重燕生。

天明以後，看了看窗子外面有血跡。於是，寧生出門到了寺廟北邊，只見野墳一個一個的，果然有棵白楊樹，樹上有烏鴉窩。等到遷墳事情準備妥當，收拾行李打算回家。燕生擺下送行酒宴，情義非常深厚。燕生把破皮袋贈送給寧生，說："這是劍袋，收藏着可以避邪驅妖。"寧生打算跟他學劍術，燕生說："像你這樣講究信義、忠誠剛直的人，可以學習；不過你仍然是富貴行道裏的人，不是這劍俠行道裏的人呵！"寧生就假託有個妹妹葬在這裏，挖掘出女子的屍骨來，用衣裳被子又重新成殮了，僱了船回家去。

寧生的書房緊靠荒野，就挖了墳墓將女子葬在書房外面。他祭供禱告說："可憐你這個孤苦的鬼魂，葬你在靠近我小書房的地方。相互聽得見歌聲和哭聲，以便不受惡鬼欺凌。獻上一杯水酒，算不得清潔甘美，希望不要嫌棄！"禱告完畢往回走，後面有人呼喊："慢一點，等我一起走！"回頭一看，是小倩呢。小倩高興地感謝説：
"你很守信義，死十回也不能夠報答你的恩德。請允許我
跟你回家，拜見公婆，做偏房、丫頭也不後悔。"寧生仔
細看去，只見她雪白皮膚透着艷紅，身下瘦瘦一雙小腳，
白天端詳，更加嬌艷無雙。於是，寧生和小倩一塊到了書
房裏。寧生囑咐她坐下等一會兒，自己先進去告訴母親，
母親很感愕然。這時寧生的妻子已經生了很長時間的病，
母親告誡寧生不要説這事，恐怕妻子受驚害怕。正説話
間，小倩輕悄悄走進房子，跪下叩頭。寧生説："這就是
小倩。"母親驚慌得不知如何是好。女子對母親説："孩
兒孤單單一個人，遠離父母兄弟。承蒙公子照顧關懷，恩
澤極深。孩兒情願當妻妾伺候他，報答天高地厚般大德。"
母親看到小倩這般秀氣可愛，才敢和她説話，説道："大
姑娘看得起我兒子，我喜得不得了。可是一輩子只有這
個兒子，還要他傳宗接代，不敢讓他娶個鬼媳婦。"小倩
説："孩兒實在是一心一意。陰間人既然不能得到老母親
的信任，那就拿寧生當作哥哥來看待；我跟着老母親，早
晚伺候你老人家，怎麼樣！"母親憐惜她的一片誠心，就
答應下來。小倩就要拜見嫂子，母親説她有病，於是沒去
拜見。小倩下了廚房，代替母親料理飯食。進門穿戶，就

像住熟了的一樣。

天晚了，母親心裏害怕小倩，打發她回去睡覺，不在這裏給她安排被褥。小倩覺察出母親的心意，就走開了。經過書房想進去，又退回來，在門外走來走去，似乎害怕甚麼。寧生呼喚她，小倩說："室裏劍氣使人害怕。在路上一直不出面見你，就是由於這個緣故。"寧生明白是因為那個皮袋子，於是拿出來掛到別的房子裏。小倩這才進去，靠近蠟燭坐下，待了一陣，就是不說一句話。又待了一大陣子，小倩問："夜間讀書不讀？我小時候唸《楞嚴經》，如今大半都忘記了，請給我找一卷，晚上空閒時間請哥哥指正。"寧生應許下來。小倩又坐着，默默無語。一更就要過去，也不說走。寧生催她回去。小倩很悲傷地說："外來孤魂，特怕荒墳。"寧生說："書房裏沒有別的牀可睡，況且兄妹之間也該避免嫌疑呀！"小倩站起身來，表情上愁苦得要哭，腳步遲疑懶得走，一步一挪走出門去，下了台階就沒影跡了。寧生暗暗憐惜她，想留她住下睡在另外的牀上，可是又擔心母親會嗔怪。小倩清晨就來給母親問安，伺候梳頭洗臉，出了上房就去操持家務，沒有事情不合母親的心意。到了黃昏，就告辭退下，常到書齋，靠近燈火唸誦經文。直到覺得寧生要睡了，才悽悽惨惨地離去。

　　原先，寧生的妻子病倒不能操勞家務事，母親勞累得受不了。自從小倩來了，母親自己很安逸，心裏感謝小倩。日子長了慢慢熟悉起來，疼愛小倩如同親生子女，竟然忘記她是鬼魂，不忍心晚上趕走她，就留她同睡同起。小倩才來時，並不用飯食，到了半年，逐漸喝點稀粥。母親和寧生都很溺愛她，忌諱說她是鬼，外人也分辨不清。不久，寧生的妻子死去，母親心裏有娶小倩的意思，可是擔心對兒子不利。小倩也稍微觀察出來，乘個機會告訴母親說："來這裏住了一年多，母親該清楚孩兒心地怎麼樣了。為了不想禍害過路的人，孩兒才跟了你兒子來。私心裏沒有別的想法，只是因為你兒子胸懷坦白，光明磊落，受到神人欽佩注目，實在想着依靠幫助他幾年，博取個封號，九泉之下也覺榮光。"母親也知道小倩沒有壞心，只害怕她不能生育兒女。小倩說："子女是上天給的。你兒子命定有福氣，有能光宗耀祖的三個兒子，並不因為有個鬼媳婦就抹煞掉的。"母親相信了她的話，和兒子商量。兒子很高興，擺了酒席宴請親戚。有的請求見見新媳婦，小倩很坦然地穿着華麗服裝走出來，滿堂人都很驚奇，瞪着眼睛看她，反而不懷疑是鬼，懷疑是仙人。自這，親友的家眷，都拿見面禮來祝賀，爭着要結識小倩。小倩擅長畫蘭花梅花，也經常用畫的畫回敬。得到她畫的人家，往往包得嚴嚴實實收藏着，覺得光彩。

　　有一天，小倩在窗下低頭坐着，心裏惶惶不安，像是丟失了甚麼一樣。忽然問寧生："那皮袋子在甚麼地方？"寧生說："因為你害怕它，所以包好放在別處了。"小倩說："我接受活人氣息已經很長時間，應該不再怕它，還是拿來掛在牀頭上吧。"寧生追問她的意思，小倩說："這三天來，心總是忐忑不安。料想金華那個妖魔恨我遠遠逃跑，恐怕早晚會找到這裏來。"寧生當真把那皮袋帶了來。小倩接過，反覆觀看，說："這是劍仙用來盛人頭的。破舊到這樣子，不知殺掉多少人了。我今日看它，還嚇得起雞皮疙瘩呢。"就將皮袋掛在牀頭。第二天，小倩又讓寧生把皮袋挪去掛在門上。到了夜間，小倩對着蠟燭靜坐，囑咐寧生不要睡覺。猛然間，有個東西，像飛鳥般降落下來，小倩嚇得藏到幕帳裏去。寧生一看，那東西像夜叉的形狀，目光閃電，血盆大口，眼光閃爍，舞動雙爪走向前來，到了門前停止腳步，遲疑了好長時間，慢慢走近皮袋，伸爪子摘下來，像要撕破。那皮袋忽然卡巴一響，變得有兩隻土筐那麼大，似乎有個鬼物伸出半個身子，將夜又揪進皮袋去。聲響沒有了，皮袋也縮小到原樣。寧生又是害怕又覺驚奇，小倩也走出來，高興地說：「平安無事了！」兩人一塊觀看皮袋，只有幾碗清水罷了。

過了幾年，寧生果然中了進士，小倩生了個男孩，寧生娶了個小妻後，又各自生了個男孩。這些孩子長大後，都做了官，名聲很好。

張　誠

　　河南人張某，他的先輩是山東北部地方的人。明朝末年，山東北部大亂，張妻被清兵搶去了。張某過去常在河南作客，就在這裏安了家。又娶了個河南的妻子，生了個兒子，名叫訥。不多時光，這妻子死了，他又娶了填房牛氏，也生了個兒子，名叫誠。

　　牛氏很蠻橫，嫉忌張訥，拿他當奴僕豢養。給他吃粗劣飯食，還讓他上山打柴，每天得打夠一擔柴，打不來就鞭打辱罵，令人難以忍受。暗地裏留着好吃的給張誠，讓他跟着塾師唸書。張誠漸漸長大，孝敬父母，友愛弟兄，看到哥哥勞苦，很不忍心，背地裏勸說母親，母親不聽。

　　一天，張訥上山打柴，沒打完，來了暴風雨，躲在岩下避雨。雨停了，天色已晚，肚子餓得很，就背着柴禾回家。母親檢查一下，嫌柴太少，生了氣，不給他飯吃。張訥餓火燒心，進了房，躺在牀上。張誠從塾房下學回來，看到張訥沒精神的樣子，就問："病了嗎？"回答說："餓呵！"問他緣故，張訥把實情告訴了他，張誠不痛快地走了，過了一會兒，懷裏裝了餅來給張訥吃，哥哥問道餅是哪裏來的，弟弟說："我偷了麵粉，請求鄰家嫂嫂給做的。只管吃，不要說出去。"張訥吃了餅，囑咐說："以後別再這樣了，事情被發覺了會連累弟弟。再說，一天吃上一頓飯，也餓不死。"張誠說："哥哥本來身體就弱，哪能多打柴！"

第二天，早飯後，張誠偷偷上山，來到哥哥打柴的地方。哥哥一見，吃驚地問道："你要上哪裏去？"回答說："要幫你打柴！"問："誰叫你來的？"說："我自己來的呀！"張訥說："先不說弟弟不會打柴，即使能打，也不能讓你打！"於是催促弟弟趕快回去。張誠不聽，手扳腳踏幫助哥哥打柴。還說："明天拿着斧子來。"哥哥到跟前制止他，看到弟弟手指割破，鞋也磨穿，傷心地說："你不馬上回去，我就用斧子砍死自己。"張誠這才回去。哥哥送了他半路，才返回去又打柴。傍晚回去，張訥到了塾房裏，囑咐老師說："我弟弟年幼，該多管教。山裏虎狼很多。"老師說:"今早不知去哪裏了,已經責打了他。"張訥回家,對張誠說:"不聽我的話,捱打了吧!"張誠笑着說:"沒有的事!"

第二天,張誠帶着斧子又上了山,哥哥吃驚地說:"我說不讓你來,怎麼又來了?"張誠也不回答,只是忙活砍柴,汗流滿面也不歇息。約莫砍夠一捆柴,張誠也不辭別就回去了。老師又責罰他,他就說了實話。老師感歎他的友愛精神,也就不再禁止他上山打柴。哥哥多次勸止,弟弟總是不聽。

一天,張家弟兄和幾個人在山上打柴,忽然來了隻老虎,大夥嚇得都趴在地上。那老虎竟然叼着張誠跑了。老虎叼着個人,跑不快,被張訥追上。張訥使勁砍了一斧子,砍中老虎大胯。老虎痛得發狂般跑走了,張訥追了一陣沒了影,痛哭着走回來。大夥勸說及安慰他,他哭得更傷心了,說:"我這弟弟不同一般,況且是為我死的,我還活着幹甚麼!"就舉起斧子砍自己脖子。大夥急忙拉住,那斧頭已經砍進肉裏一寸多深,鮮血直冒,張訥昏死過去。大夥嚇壞了,撕開他的衣服給包紮起來,把他抬回家去。繼母哭着罵道:"你殺了我兒,想劃道傷口來搪塞罪過呵!"張訥呻吟着說:"母親不必煩惱,弟弟死了,我也不活了。"人們將張訥放在牀上，分頭離去。張訥創口疼痛得不能睡覺，只是整天整夜倚着牆壁痛哭。父親怕他也死了，不時地到牀前餵他點東西吃。牛氏知道就罵個不休。張訥乾脆不吃不喝，三天就死了。

村子裏有個走無常的神漢[1]，張訥在路上遇見他，向他追訴了以往的苦難，就問詢弟弟在哪裏。神漢說沒聽到他弟弟的消息，就轉身領着張訥走去。到了城市，遇見一個青衣人從城裏出來。神漢拉住那人，替張訥打聽弟弟的下落。青衣人從佩袋裏拿出拘拿冊子仔細察看，男女一百多名，並沒有姓張的犯人。神漢懷疑在別的冊子裏，青衣人說："這路歸我，別的差人怎麼能逮去呢！"張訥不信，硬拉着神漢進了城。城裏新鬼舊鬼，形影搖晃，來來往往，也有過去的熟人。張訥近前去問，始終沒有知道的。忽然，大夥吆喝着："菩薩來了！"抬頭看見雲彩中出現個大人，光芒照徹上下，頓時覺得世界通明。神漢祝賀說："大郎你有福氣呵！菩薩幾十年才來趟陰間，救苦救難。這次正巧讓你遇上了。"拉着張訥跪下。鬼犯們紛紛揚揚，合掌齊聲唸誦大慈大悲救苦救難，聲音響徹大地。

---

[1] 舊時迷信，有活人到陰間當差，事畢返回人間，稱為走無常。

菩薩用柳枝遍灑甘露，細微如霧。刹那間，霧收光斂，菩薩不知去向了。張訥覺得脖子沾上甘露，斧砍的地方不再疼痛了。神漢就領他一塊回去。看到家門了，神漢才告別走了。

張訥死了兩天，忽然又甦醒過來，詳細講述了陰間見聞，說弟弟沒有死。母親以為是胡編的謊話，反而痛罵了他一場。張訥受屈，卻無法說明，摸摸創口已經長好，硬撐着起牀下地，跪拜父親說：「我就要上天入海去尋找弟弟，如果見不着，這一輩子也就不回來了。父親就當兒子已經死了吧！」父親領他到無人地方，對着臉痛哭，卻不敢挽留兒子。

張訥走了，常在四通八達的大道上，向來往行人打聽弟弟的消息。路上斷了盤纏，就乞着飯走路。過了一年，來到金陵，這時，他已是破衣爛衫，躬身駝背，一步一挪走在路上。忽然看見有十多人騎馬奔來，趕忙閃避路旁。那些人裏有一個像是長官，約有四十來歲，壯士駿馬，前呼後擁。內裏還有個少年，騎匹小馬，幾次瞅看張訥。張訥覺得那是貴家公子，不敢抬頭去看。那少年勒馬稍停，忽然跳下馬來，招呼說：「不是我哥哥嗎！」張訥抬頭仔細一看，是弟弟張誠呵！拉着手放聲大哭起來。張誠也哭着説："哥哥怎麼漂流到這般地步？"張訥説了情況，張誠更加悲傷。隨從都下了馬，問明原因，稟告長官。長官命令給張訥一匹馬騎着，一道回到府裏，才詳細詢問。

當初，老虎叼走張誠，不知甚麼時候放在路邊上，張誠在路上躺了一宿。正巧張別駕從京城來，遇上了，看着張誠相貌文雅，很是憐惜，讓人救護，張誠漸漸甦醒。張誠説鄉裏住處已是離這裏很遠，張別駕就帶他一道回了自己的家。又用藥給張誠治療傷處，幾天才治好。張別駕沒有大孩子，就收了張誠做兒子。這次，正是張誠隨着張別駕出外遊逛觀景。

張誠將經過詳細告訴了哥哥。正説話間，張別駕進房來了，張訥再三拜謝。張誠又到內房，捧出新衣讓哥哥換上。於是，擺宴敍談。別駕問："你這一族在河南，有多少家口？"張訥説："沒有。我父親原是山東地方人，是流落在河南的。"別駕説："我也是山東地方人。你老家歸哪裏管？"回答説："曾經聽父親説，屬東昌管轄。"別駕吃驚地説："我們是同鄉呵。甚麼緣故搬到河南來的？"張訥説："明朝末年清兵入境，搶去先前的母親。父親遭到兵火，家宅燒光。以前父親曾經在西路做買賣，往來熟悉，就在河南定居了。"別駕又驚問："令尊甚麼名字？"張訥告訴了。別駕驚得呆了，瞪大眼睛看了一陣，又低下頭來思考一番，疾忙跑到內房裏去。不多時，張老夫人走出來。大家圍繞着拜見後，張老夫人問張訥："你是張炳之的兒子嗎？"回答說："是！"老夫人大哭起來，對別駕說："這是你弟弟呵！"張訥弟兄愣了，不明白怎麼回事。老夫人說："我嫁給你父親三年，流亡到北方，跟了黑固山。半年後，生了你哥哥。又過了半年，固山死了。你哥哥在旗下補上官職，升了這官，現在已經卸任了。時時刻刻想念故鄉，就解脫了旗籍，復歸了原來的宗族。多次派人到山東，打聽不到一點音信。哪裏知道你父親西遷了呢！"[2] 又對別駕說："你認弟弟做兒子，折福減壽呵！"別駕說："以前問道誠弟，他沒說過是山東人，想必年幼不知道吧！"三人就以年齡排順序：別駕四十一歲，是老大；張誠十六歲，是老小；張訥二十二歲，是老二了。別駕有了兩個弟弟，十分高興，和他們同吃同住，了解了離散的緣由後，便打算回到河南家裏去。老夫人得知牛氏蠻橫，恐怕不能相處。別駕說："能相處就住在一起，不然就分居過日子。天下哪有沒有父親的人！"

2　"西遷"，死亡的婉詞。

於是，賣了宅子，置辦行李，定了日子，向西出發。到了村邊，張訥和張誠先跑去稟報父親。張父自張訥走後，妻子牛氏不久就死了。張父孤獨老頭，晚景淒涼。忽然見到張訥進來稟報，像做夢般驚愕；又看見張誠，歡喜極了，話也說不出來，只是淚流滿面。弟兄二人又稟告說別駕母子來到，張父停止哭泣，萬分驚奇，笑不成，也哭不成，木頭般呆呆站着。接着，別駕進來，拜見完畢，老夫人把着張父的手，面對面哭起來。張父又看到丫環僕人，屋裏屋外滿滿當當，坐立不安，不知該怎麼好了。張誠沒見到親娘，問後才知道已經死了，號啕大哭得幾乎斷了氣，一頓飯的時辰才甦醒過來。別駕拿出錢財，起樓建閣，請來老師，教兩個弟弟讀書。馬棚裏駿馬歡騰，住房裏人聲喧鬧，張家居然成為大戶人家了。

義 鼠

　　楊天一説：看見有兩隻老鼠出洞來，一隻被蛇吞食
了，另一隻眼睛瞪得像花椒粒，像是非常憤怒，可是只能
遠遠望着，不敢近前。那蛇吃飽肚子，曲曲蜿蜒往蛇洞裏
爬，才只進去大半身子，那隻老鼠跑過來，狠勁咬蛇的尾
巴。蛇生氣了，退出身子來。老鼠本來行動快捷，忽然逃
跑了。蛇追過去，沒有追上，又返回去。蛇又鑽洞，老鼠
又跑過來，和先前一樣咬牠的尾巴。蛇進洞，老鼠就跑過
來；退出來，老鼠就逃跑，這樣來來往往很長時間。最後，
蛇退出來，把死老鼠吐在地上。老鼠過來聞着，吱吱叫着
像是悼念像是歎息，然後，銜起死老鼠走了。

　　我的朋友張歷友為此寫了首詩，名叫《義鼠行》。

口　技

我們村裏來了個女子，看年歲約有二十四五，手提着藥包，是個走方串鄉、行醫治病的大夫呢。

有人請這位女子看病。女子自個兒開不了藥方子，要待到夜深人靜，請教神仙。

到了傍晚，主人家騰出一間房子，打掃潔淨，把那女子關在裏面。大夥兒圍繞在門邊窗外，傾耳靜聽着，只能悄悄說話，不敢咳一聲，裏裏外外靜悄悄的，沒有一點動靜。

約摸到了半夜，只聽門簾呱嗒一響，那女子在房內說："九姑來啦？"有位女人答應說："來啦！"女子又問："臘梅，你也跟着九姑來啦？"似乎是個丫頭的腔調，說："嗯！來了呢！"三個人你一言我一語，說這件道那樁，說個沒完沒了。

一會兒，又聽得簾鈎響動。女子說：“六姑到了！”幾個人齊聲說：“喲，春梅也抱着小寶寶來啦！”有個少女回答道：“這個拗哥子，真是難纏！哄着拍着，怎麼也不睡覺，鬧着非要跟着娘子來。這麼個胖小子，身子沉得有百斤重，真是累煞人！”接着就聽到女子讓座讓茶的聲音，九姑打聽這、問道那，六姑問寒問暖，兩個丫頭又相互問道辛苦，還有小孩嘻嘻哈哈的聲音，嘈嘈雜雜，熱鬧成一團兒。就聽得女子笑着說：“小郎子真調皮，這麼遠的路，還抱着隻貓來！”接着是小貓咪嗚咪嗚叫了幾聲，聲響就漸漸疏落下來。

　　忽然，簾子又響了一下，滿屋人都招呼說：“四姑！怎麼今兒來得這麼晚？”就聽到有個小姑娘，細聲細語地說：“哎，別提啦！路程有千里遠，路途又那麼泥濘難走。我和阿姑走呵走呵走到這時才來到。阿姑走路又這麼慢悠悠！”於是，互相問候的聲音，挪動座位的聲音，招呼添個座位的聲音，各種聲音一總兒響起，滿屋都是喧嘩聲。約摸過了有吃頓飯的工夫，這才安靜下來。

　　這時候才聽那女子說：“有人請求治病，煩請仙姐姐們斟酌着處個方子！”只聽九姑說：“這病需補氣養血，開上兩錢人參吧！”六姑說：“嗯，這個病麼，依我的看法，還得補中升陽，用上三錢黃芪才合適哪！"四姑搶着說："還得健脾燥濕，要兩錢蒼朮！"幾個仙姑，你說添點這味藥，我說減少點那味藥，討論了好大一陣子。

只聽得九姑說："好啦！就這麼定了吧！把那筆墨紙硯取過來！"不多會兒，只聽得沙沙的摺疊紙張的聲響，扔下銅筆帽的叮噹聲，研墨的隆隆響聲。又一會兒，毛筆扔在桌几上，震震作響；包裹藥包的動靜，蘇蘇發聲。又待了一霎兒，那女子就推開門簾子，喊來了病人，交給他藥包和藥方子，一轉身又進了房。

這當兒，就聽得三位仙姑及三個丫頭告別，小孩兒咿咿呀呀，小貓兒咪咪嗚嗚，各種聲音，一齊作響。九姑的話音像是泉水流淌，清清冷冷；六姑的語氣是慢言慢語，蒼老低沉；四姑的聲音如同鳥兒鳴唱，嬌細婉轉。連三個丫頭的語氣腔調也各有特點，大不相同。聽起來很容易分辨清楚。

房外面聽動靜的人，很是驚奇，以為真的請下上界的仙女來了！然而，把神藥煎好，給病人服下去，也看不出有甚麼明顯的效果。

呵！這就是平常說的口技呀！那位女子是憑藉這種技巧，來神化她的醫道。可是，這口技真也奇妙高超呢！

連瑣

　　楊于畏，搬家居住在泗水河畔。書房面對荒草野坡，牆外有許多古墳。夜間聽得白楊嘩嘩響，如同波濤洶湧。深更半夜，燭光搖曳，楊生心情正感淒涼，忽然牆外有人吟詠：「玄夜淒風卻倒吹，流螢惹草復沾幃。」翻來覆去唸句，聲音哀傷淒楚。細細聽去，細弱婉轉像是女子。楊生心裏很是疑惑。到了白天，去牆外查看，並沒有人的蹤跡，只有一條紫帶子丟在荊棘棵裏，楊生拾起帶子，回房放在窗台上。到了夜間二更多天時，又有吟詠之聲，和昨夜一樣。楊于畏搬了凳子踏上去觀望，那吟詠之聲突然停止了。楊生明白那是個女鬼，然而心裏卻很傾慕。

　　第二夜，楊生趴伏在牆頭等待着。一更天將過，有個女子輕步緩緩從草叢走出，手扶着小樹，低着頭哀傷地又在吟詠。楊生輕輕咳嗽一聲，那女子急忙走進荒草裏不見了。楊生因此等候在牆下面，聽那女子吟詠完了，就隔着牆續詩，唸道：“幽情苦緒何人見，翠袖單寒月上時。”等了好長時間，竟然寂靜無聲。

楊生於是回到房內。剛剛坐下，忽然看見有個美女從外面進來了。那女子下拜，説：“先生原來是個風雅人士，我卻過分害怕而躲避開了。”楊生很高興，拉女子坐下，那女子身材瘦弱單薄，似乎連衣服的重量也承擔不起。楊生問：“你是哪個地方的人，怎麼長久寄住在這裏？”回答説：“我是隴西地方人，隨着父親居住外地。十七歲時得了急病辭世，到如今二十多年了。睡在荒野地下，孤單寂寞如同野鴨。吟詠的詩句，是我自己作的，用來寄託在陰間的沉痛心情。想了很久也續不成下句，承蒙您給代替續成，九泉之下也感到歡快。”楊生要求和女子合歡。女子皺着眉頭説：“陰間的魂靈，和活着的人不相同，如果與鬼魂合歡，人就會縮短壽命。我不忍心使先生遭受禍殃！”楊生就不再要求了。他又要求看女子裙下的雙腳。女子低頭微笑説：“你這狂生也太麻煩人了！”楊生把起女子的腳來，看到月白色的錦襪束着一綹彩絲，再看另一隻，卻繫着條紫帶子。楊生問：“怎麼不全用帶子繫着呢？"女子説："昨天夜裏，因為害怕你而躲避開，帶子不知丟失在哪裏了！"楊生隨手從窗上拿下那條紫帶子交給女子。女子驚奇地問："你這是哪裏來的？"楊生將情況如實告訴了她。女子就解去絲線繫上這條紫帶子。女子翻閱案几上的書，忽然看到元稹的《連昌宮詞》，感歎説："我活着時最喜愛讀這些詞，如今看到幾乎就像在夢中一樣。"楊生和她談論詩文，女子聰明靈透，令人喜愛，窗下燃燭長夜共讀，如同得交知心朋友。

從這開始，每個夜晚聽到楊生低聲唸詩，那女子一會兒就到這裏來。常常囑咐楊生説："咱們的交往，你要保守秘密，不要宣揚出去。我從小膽怯，恐怕有惡人來欺侮！"楊生答應下來。兩人在一起，歡樂得如同魚在水裏游，雖然未成夫妻，然而雙方的感情卻勝過夫妻。女子常在燈下替楊生抄書，字跡端莊秀媚。女子又自己選出百首宮詞，抄錄下來誦讀。又叫楊生買了棋子，購來琵琶，每夜教楊生下棋、彈奏琵琶。有時自己彈撥琴弦，演奏《蕉窗零雨》這首曲子，使聽者心酸。楊生不忍心聽完，女子就另演奏《曉苑鶯聲》，楊生立刻覺得心情舒適暢快起來。兩人燈下玩樂，高興得常常忘記天亮。女子每次看到窗上現出曙光，就慌慌張張跑走。

一天，薛生來訪，正碰上楊生白天睡覺。薛生看着室內，又有琵琶又有棋局，知道這不是楊生所喜好的，又翻閱書籍，看到宮詞，見那字跡端秀，更加懷疑了。楊生醒後，薛生就問："那琵琶、棋子從哪裏來的？"回答說："想學學它！"又問詩卷是哪裏的，楊生就託詞說是借朋友的。薛生拿着那宮詞反覆檢玩，見那最後一頁上有一行小字是："某月日連瑣書。"薛生笑着說："這是女子的小名，你怎麼淨拿假話欺矇我呢！"楊生很感難為情，不知該怎麼回答。薛生苦苦盤問，楊生不說實情。薛生就拿了卷子要挾，楊生更加不知如何是好，只好告訴他是怎麼回事。薛生就請求見見這位女子，楊生告訴他說，那女子有過囑咐。薛生很是仰慕，懇切請求，楊生不得已答應了。

　　到了夜間，女子來了，楊生轉述了薛生要見見她的請求。女子生氣了，說："我怎麼囑咐你的？你竟然絮絮叨叨地告訴給別人！"楊生解釋說明當時的實情。女子說："和你的緣分已經完結了。"楊生說了許多話來安慰勸解，女子還是不高興，站起來告別說："我暫時躲避開吧！"

　　天明，薛生又來了，楊生告訴他說那女子不見了。薛生懷疑楊生故意推託。到了傍晚，約了兩個同學同來，待下就不走了，有意阻撓楊生，常常吵吵嚷嚷鬧個通宵。楊生非常厭煩他們，可是也沒法子。那幾個人見一連幾個夜晚都沒有消息，慢慢有心要走，不那麼鬧騰了。忽然聽到吟詩的聲音，大家靜心聽去，那吟詠之聲淒清婉轉，十分悲傷。薛生正在傾耳細聽，全神貫注，這幾人中有個武友王生，抓起塊大石頭扔過去，高聲喊道：「拿拿捏捏不見客人，甚麼好詩句，悲悲切切的，還不悶煞人！」吟聲立刻停止了。大夥很生王生的氣。楊生更是氣憤，臉上表示出不滿，說話也難聽了。第二天，那幾個人才一塊走了。

楊生獨自住在書房，盼望女子再來，可是一點也不見蹤影。過了兩天，女子又忽然來了，哭泣着說：「你請了些鬧事的客人來，幾乎把我嚇壞！」楊生趕忙道歉，承認過錯。女子急忙走出去，說：「我本來就說我們的緣分已結束，從今離別了！」楊生急忙挽留，但女子卻不見了。從這，一個多月女子也沒有再來。楊生十分想念，人瘦得皮包骨頭，事情也無法挽回。

一個夜晚，楊生獨自在喝悶酒。忽然，女子掀開門簾走進來。楊生高興極了，說：「你原諒我了？」女子卻痛哭起來，一句話也不講。楊生趕忙問她緣故，女子想說又忍住沒說，只說：「我賭氣走了，有了難處又來求人，實在覺得慚愧。」楊生再三盤問，女子才說：「不知道從哪裏來了一個骯髒官差，硬逼我當小老婆。我自想是個清白人家女兒，哪能屈辱着侍奉下等的官差呢！可是我這個弱小女子，怎能抵抗得住？你如果認為我們之間情分深厚，必然不會讓我自己應付而看着不管吧！"楊生非常生氣，發誓要打死那官差，但是顧慮陰世人間兩地，無能為力。女子說："明天晚上你早些睡覺，我在你夢中邀請你去！"於是，兩人相互談起詩文，坐着待到天明。女子臨走時，囑咐楊生白天不睡覺，好在夜間夢裏相會。楊生答應下來。

到了午間過後，楊生稍微喝了些酒。乘着微有醉意上了牀，蒙衣躺下。忽然看到女子走來，給了楊生一把長刀，手拉着手走。到了一個院子，進了房，剛剛關上門說話，便聽得有人拿着石頭砸門。女子驚慌地說："仇人來了！"楊生打開門，猛地跳出去，只見一人，紅帽青衣，滿臉圈腮長鬍子。楊生氣憤地訓斥來人。那官差卻橫眉怒眼，言語蠻橫兇暴。楊生非常生氣，持刀衝過去。那官差抓起石塊扔過來，猛如急雨，打中楊生的手腕。楊生受傷不能握刀，正在危急時刻，看到遠處有一人，正在彎弓打獵。細細一看，正是王生。楊生大聲呼號，請求援救。王生拉起滿弓，射出一箭，正中官差的大腿，又射一箭，殺死了官差。楊生大喜，深表感謝。王生問原因，楊生詳細告訴了他。王生自己也很高興，覺得前次得罪楊生的過錯可以抵銷了，就和楊生一起進了房。女子嚇得發抖，羞愧畏縮地遠遠站着不説一句話。案几上有把小刀，只有尺來長，刀鞘上裝飾着珠寶，抽出來看，明光鋥亮，王生讚歎，喜愛得放不下。王生和楊生説了幾句話，看見女子羞愧驚嚇得可憐，就走出門來，告別走了。楊生也自己走回去，翻過牆時摔倒，於是從夢中驚醒，聽得村雞已經此起彼伏地打鳴了。覺得手腕痛得厲害，天亮看了看，皮肉已經紅腫。

到了中午，王生來了，説到夜裏的夢很是奇特。楊生説：“沒有夢見射箭嗎？”王生奇怪楊生怎麼會知道。楊生舉手讓他看，又告訴他緣故。王生回憶起夢中看到的那美貌女子，只恨不是真正見面，覺得自己這次對女子有功，又請求要親自見見。

到了夜間，女子前來表示感謝。楊生誇讚王生有功，就轉達了王生懇切要求見面的意思。女子説：“他幫這麼大忙，恩情是不能忘掉的，只是他樣子那麼雄壯，我實在有些怕他。”一會兒又説：“看來他很喜歡我那把佩刀。那刀其實是父親到廣州那裏當使臣時，用一百兩銀子買來的。我喜歡就給了我，用金絲纏着，嵌鑲上珍珠。父親可憐我年輕死去，就用這把刀殉葬了。如今，我情願捨掉心愛物件，贈送給王生。見到這刀，就如同見到我了！"第二天，楊生將女子的意思向王生轉達，王生十分高興。到了夜間，女子果然帶了刀來，說："囑咐王生，請他珍愛這把刀，它不是本國出產的物件呀！"從此，女子又像從前那樣經常前來了。

過了幾個月，女子忽然在燈下笑着看楊生，似乎有話要說，臉紅三次也沒說出來。楊生抱着她問有甚麼話要說。女子回答說："承蒙這麼長久的熱愛，我接受了活人氣息，天天吃着人間飯食，白骨有了活的意思。不過，還需要點活人精血，就可以再活起來！"楊生笑了，說："這是你不肯這麼辦，哪裏是我不捨得呢！"女子說："我倆交會之後，你必定生二十多天大病，然而只要吃藥就可以復原的。"兩人親熱一陣。女子穿衣起身，又說："還需一點活血，你能夠忍着痛來愛惜我嗎？"楊生拿過一把鋒利的刀，將臂膀刺出血；女子躺在牀上，讓血滴在肚臍中，起身說："我不再來了！你記住過了一百天，看到我那墳前有青鳥在枝頭鳴叫，就趕快挖掘墳墓。"楊生牢牢記住這話。女子走出門外，又囑咐說："認真記住，千萬別忘！早了晚了都不行！"於是走了。

過了十多天，楊生果然生起病來，肚子脹得要死。請醫生看病吃藥，排洩出很多稀泥般的髒東西，又過了十多天，楊生的病就好了。

　　計算着到了一百天，楊生讓僕人扛着鐵鍬等待着。日落西山，果然看見有成雙的青鳥鳴叫。楊高興地説："可以掘墳了！"於是砍掉荊棘，掘開墳墓，只見棺木已經朽爛，可是那女子面貌卻和活的一樣。楊生撫摸女子身體，覺得稍微溫活，用衣服蒙好，抬回家來，放在溫暖地方，就覺得女子在咈咈喘氣，微弱得像細絲般。慢慢餵她稀粥，到了半夜果然甦醒過來了。女子常和楊生説："死去十多年，就像做了一場夢呢！"

庚 娘

　　金大用，河南洛陽人，原來也是官宦人家。娶的是尤太守的女兒，名字叫作庚娘。這庚娘，長得漂亮，人又賢惠。小兩口兒處得挺和美。

　　那時正是兵荒馬亂的年頭，金大用領着全家人向南方逃難，路上碰見個青年也帶着妻子逃難。這人自說是揚州人，名叫王十八，路程熟悉，願意帶路。金大用自然高興，兩家同行同住，甚是相得。

　　這天，來到河邊，庚娘背地裏告訴金大用說："別和那個青年坐一條船。這個人總是偷偷地瞅我，眼珠亂轉，表情多變，看來心術不正！"金大用答應着。可是，這個王十八挺勤快，又特別熱情，忙活着僱了條大船，又幫着金家往船上搬行李，忙忙碌碌，非常周到。金大用不忍心拒絕他的好意；又盤算着他還帶着家眷，諒不至於出甚麼問題。於是，兩家一塊兒上了大船。王十八的妻子和庚娘在一起，看來也是個文靜和氣的女人，只是王十八在船頭上和船戶談得很起勁，似乎是老早就很熟識。

不多時，太陽落下西山了，來到一處地方，只見茫茫一片大水，分不清南北東西。金大用看看四周，這麼荒涼僻靜，心裏未免有些疑惑奇怪。船又走了一陣子，月亮升起來，看到的地方都是蘆葦叢。船拋了錨，停下來。王十八鑽進艙來，邀請金家父子出艙散心。金家父子上得船頭，王十八乘機一膀子把金大用推下河去。金父一見，剛要呼喊；船戶一篙頭，把金父打落水中。金母聽見動靜，出了艙門看看發生了甚麼事，也被打落在水裏。這時王十八才吆喝救人！其實，金母出艙門的時候，庚娘隨在後面，剛才發生的事情，都看得清清楚楚了。聽到一家人都掉進河裏，她也不驚慌，只是嗚嗚地哭着說：“公公婆婆都沒有了，我可往哪裏去呢！”王十八假心假意地勸說着：“娘子也不必發愁！跟我去南京吧！我家裏有房子有地，過得還算富裕，保你今後日子過得歡暢！”庚娘止住了淚，說：“要能這麼着，我也就心滿意足了。”王十八一聽，滿心歡喜，一天來又是端茶又是送飯，招待得很是周到。

到了晚上，王十八要睡到這裏，庚娘推託身上不好，王十八就去他妻子那邊睡了。天將過初更，王十八兩口子，不知為甚麼爭吵起來。只聽女的氣憤地說："你辦這件事，要天打五雷轟呵！"王十八就啪啪地打女人。女的呼喊起來："情願死了吧，也不甘心給殺人賊當老婆！"王十八吼叫着，把女人拖出艙去。只聽得撲通一聲，接着就聽到呼喊說："有人掉下水去了！"

過了幾天，到了南京。王十八領着庚娘回家，上堂拜見他老娘。老娘一見，很是奇怪："怎麼不是原來的媳婦了？"王十八說："原先的媳婦掉在水裏淹死了。這個是新娶來的。"進了臥房，王十八又要親近庚娘。庚娘推開他，笑着說："三十歲的人了，還這麼不解事！人家老百姓成親，還喝上一杯水酒呢！你家裏也是富戶，可不能這麼草草了事。即使不能張燈結綵，至少也得辦桌酒席才是呀！"王十八挺高興，置辦了一桌酒席，兩個人對坐着吃酒。庚娘端着酒壺，一杯又一杯地殷勤勸着。王十八慢慢有些醉了，推讓說不能再喝了。庚娘又換了大碗盛酒，強作笑容勸說着。王十八不忍拒絕，端起來一飲而盡。這次終於醉了，脫掉衣服到牀上睡下。庚娘吹熄了蠟燭，藉口解手，輕輕出了房門，偷偷把菜刀抓在手裏，摸着黑來到牀前，伸手摸索王十八的脖子。王十八在醉夢裏抓住庚娘的胳膊，還哼哼唧唧的。庚娘猛力揮刀砍了下去。誰知這一刀並沒砍死，王十八"啊"的一聲要蹦起來。庚娘接着又是一刀，他這才一命嗚呼，沒了狗命。那老娘似乎聽見動靜，急走過來問道出了甚麼事。庚娘一刀也把她殺了。王十八的兄弟王十九發覺了，趕過來。庚娘知事情不妙，反過刀來砍自己的脖子，刀卻捲了刃，砍不進去。她扔下刀，跑出門去。王十九在後面緊追上來。她跑着跑着，看見前面是個大水塘，一縱身子便跳進去。

這時候，鄰居們也被吆喝起來。有人下水把庚娘救上來，可是已經死了！只見庚娘面色端莊艷麗，如同活着一樣。鄰居們檢查王十八屍體的時候，發現在窗戶台上有一封信，拆開來看，是庚娘寫的。信裏詳詳細細述説王十八怎麼謀害了她全家人。眾人很受感動，稱讚庚娘是個烈婦，商量好要給她斂錢出殯。到了天明，來看的有好幾千人。看到庚娘這般端莊艷麗的容貌，又聽了這樣英勇報仇的事蹟，個個敬佩，人人朝拜。才一天的時間，就募捐了上百兩銀子，好心的人們幫着買了金銀首飾，珠冠繡服，又買了上等棺木。裝殮起來，葬在南郊墓地裏。

那天，金大用被擠落河裏，抓住一塊漂浮的木板，才保得了性命。直到快天明時，到了淮上，被一條小船救上來。這隻小船是個富戶尹老人為着搭救落水遇難的人專門設置的。金大用清醒過來以後，特地登門去道謝。尹老人見他一副斯文模樣，待承他很優厚，要留下他做兒子的教師。金大用因為還不知道家裏人的消息，打算前去探望，定不下來是留還是走。正在這時，聽得來人報告，說是撈起個淹死的老頭子和老媽媽。金大用疑心是自己爹媽，急忙跑到河邊去看，果然不錯。尹老人叫人買了棺木，把金大用的父母裝殮起來。金大用正在哀傷痛哭的時候，又來人報告說："救起來個女人。這女人說金大用是她丈夫。"金大用收住淚水，心想莫非是庚娘？正要前去看望，那女人已經來了。仔細一看，不是庚娘，卻是王十八的妻子。這女人一見金大用，就號啕大哭起來，請求金大用收留她。金大用說："我的心亂透了。自個兒的遭遇已經夠受的了，哪有心緒給你打算呵！"女人一聽，哭泣得更厲害了。尹老人問明白原故，歎息着說："依我看，這也是天理報應呵！你就收留這個女人做妻子吧！"金大用推辭說："我正在給父母守喪盡孝的時期，哪能結親？再說，我還打算報仇雪恨呢，要個老婆不更是個累贅！"

女人説：「要是這麼説，假若庚娘還在着，你為着居喪報仇，還能丟掉庚娘嗎！」尹老人覺得這女人有見識，説話有理，就提出暫時代替金大用將女人收養着，以後再説。金大用這才勉強應承下來。在葬埋金大用的父母時，女人披麻帶孝，十分悲痛，如同死去自己的公婆。

辦完喪事，金大用懷揣一把快刀，手托瓦盆，決心去揚州找王十八報仇。女人勸説道：「我姓唐，老輩一直住在南京，和那個豺狼是同鄉。他説是揚州人，那是騙人的假話。江湖上的水賊，大半是他的同黨。你這樣孤身一人前去，不只報不了仇，只怕是招災惹禍呢！」金大用聽她這麼一説，一時間也拿不出個能報仇的好主意，只是恨起來，牙咬得咯巴響，想起一家的慘死，就痛哭一場。

這當兒，奇聞傳來，説是有個烈性女子為着復仇，親手殺了賊人。這故事在沿江一帶到處流傳，姓氏名誰，前因後果，説得很是詳細。金大用聽到仇人被殺，很覺痛快；得知庚娘壯烈去世，也更加傷心。於是，就要求唐氏説：「庚娘死得很貞烈，真是我的幸事。家裏出了這個好妻子，我哪能忍心背負她，另外再娶親呢！」唐氏也很堅決，她説：「先前我們已經説定了，我決不離開你！就是當丫頭，我也願意伺候你一輩子！」尹老人也勸慰着，這才安頓下來。

這一天，有個袁副將軍，原來和尹老人交誼很厚，路過此地，前來拜望。見到金大用，很是賞識，請金大用當了他的秘書。過了一陣，袁將軍立了大功，金大用也跟着記功，升了個游擊的官職。到了這時，金大用和唐氏才成了親。

他們成親後，金大用就帶上唐氏上南京，打算前去給庚娘掃墓。船過鎮江，想上金山看看。船到江心，迎面划來一條船，艙裏着坐一個老太太和一個少婦。金大用一看，那個少婦，眉眼很像庚娘。兩隻船交錯而過，那個少婦也探出頭來張望金大用，動作神情更像庚娘。金大用疑心是她，卻又不敢追問，急忙呼喚説：“看，羣鴨子飛上天去了！”那個少婦聽見，回應説：“饞猸兒要吃貓子腥嗎！”這是他們夫妻在閨房裏開玩笑的話。聽她這麼一回答，金大用十分驚奇，趕忙吩咐船家返回追上那船。近前仔細一看，果然真是庚娘呵！丫頭把庚娘扶過船來。夫妻二人，生離死別，今日相見，抱頭大哭。直哭得船上的人也都傷心落淚。過了一會兒，唐氏就以對待夫人的禮節拜見庚娘。庚娘很是驚奇，就問她怎麼會在這裏。金大用細細説明過往由來。庚娘拉着唐氏的手説：“同船時那一席暖心話，心裏至今忘不下。想不到竟然成了一家人。前幾年多虧你代替我埋葬了公婆，該當鄭重地向你道謝呀！我們之間，哪能以主人丫頭的禮節見面呢！"於是，說明年齡，唐氏比庚娘小一歲，兩人便以姊妹相稱。

　　原來，庚娘被埋葬後，不知過了多長時間，只聽得耳邊有人呼喚，就慢慢醒了過來。用手摸了一下，四周都是牆壁，這才醒悟過來，自己這是給葬埋了。但並不覺得身上有甚麼痛苦，只是感到喘氣不順悶得慌。正巧，有兩個盜墓人看到庚娘入葬的財物豐富，就挖了墳，啟開棺材，他們正想搜刮財物，忽見庚娘仍然活着，又是驚奇，又是害怕，愣怔怔地呆住了。庚娘擔心他們加害自己，就哀懇說："幸虧你們到來，才使我得見天日。我這些首飾，全都贈送給你們；再把我賣到庵裏當尼姑，也可以得幾個錢。我決不把這些事情告訴別人！"盜墓人下拜說："娘子是貞婦烈女，實在教人敬佩！我們兩個人，只是人窮志短，才幹這種見不得人的事。只要您不告發，我們就感念恩德了，哪敢再把娘子賣作尼姑！"庚娘說："這是我自個兒願意的事，就這麼着辦吧！"另一個盜墓人說："鎮江有個耿夫人，自個兒一人，跟前也沒子女。娘子要是去投奔那裏，定準高興地收留下您。"庚娘謝了，並且把手鐲耳環取下送給他們。盜墓人不收，再三推讓，才收下來。僱上車船，送庚娘去了耿夫人家，說明是遭難的人，家裏沒有親人了，特地前來投奔。耿夫人是個大富戶，守寡過日子，見到庚娘，喜愛得了不得，馬上認作親女兒，待如掌上明珠。這次庚娘和金大用在江上相遇，就是母女二人去金山寺朝拜上香歸來。

庚娘把這番經歷敍述一遍，金大用就過船去拜見了耿夫人。耿夫人聽了這椿悲歡離合的生動故事，待承金大用如同親女婿，邀請金大用到家裏，住了幾天才走。此後，兩家經常往來，比親戚還親！

宮夢弼

柳方華，保定人，家裏財產稱雄一鄉；慷慨好客，座上客人常常上百；救人之急，花個千八百兩銀子，毫不吝嗇。賓客借錢往往不還。只有一個客人叫宮夢弼，陝西人，從來沒有過甚麼請求。他每次到來，都住上一兩年。這人言談興趣清雅灑脫，柳方華和他相處時間最多。柳方華的兒子名叫柳和，當時還是個兒童，叫宮生作叔叔。宮生也喜歡同柳和一道玩耍。柳和每次從塾房回來，宮生就和他揭開鋪地磚，藏上石子，裝作埋銀子玩。五間廳房，幾乎全掘藏遍了。人們都笑話宮生行為幼稚，可是柳和偏偏喜歡他，對他比對別的客人更親熱。

十多年後，柳家漸漸財力空虛，不能供養很多客人，於是客人漸漸稀少了，可是十幾個客人徹夜地談笑歡宴，還是常有的事。柳方華到了老年，家境日益敗落，還是賣地得來銀子，準備飯菜待客。柳和也挺揮霍，學着父親交結小朋友，柳方華也不制止。

不多時，柳方華病死，窮到無錢買棺材。宮夢弼就拿出自己的銀子來，給柳家管理家務。柳和更加感謝他的恩德，不論大小事情，全都委託給宮叔辦理。宮生每次從外面進家來，必定衣袖裏裝些瓦片石塊，到了屋裏就扔在陰暗角落裏，人們也不理解他是甚麼意思。柳和常對宮生訴窮。宮生説：「你不知道勞作的艱難。不用説沒有錢，就是給你千兩銀子，也會立刻花光。大丈夫愁不能自立，怎麼能愁窮困呢！」一天，宮生告辭要回家。柳和哭着囑咐他快點回來，宮生答應着，於是走了。柳和越來越窮，窮到不能維持生活，家產快要典當一空，天天盼着宮叔回來，給理一理家事，可是宮叔毫無蹤跡，如黃鶴一般，一去不復返了。

原先，柳方華活着時，給柳和訂了親，是無極縣黃家的女兒，家裏也是個富戶。後來，黃家聽説柳家窮了，心裏暗暗後悔。柳方華去世，給了訃告，黃家也不來弔喪；柳家還以路遠特意諒解黃家。

柳和為父守喪三年，除去孝服後，柳母派柳和親自去岳父家訂結婚日期，期望黃家同情照顧。及至來到，黃父聽說柳和穿戴破爛，責令看門人不讓進門，捎話說："回去籌備上一百兩銀子，可以再來；不然，請從此斷絕關係。"柳和聽到這話，難受得痛哭起來。對門的劉媽媽，看到柳和可憐，給他飯吃，贈送給三百銅錢，安慰一番，打發柳和回家去。

柳和回到家裏，講説一番，母親又傷心又氣憤，可也沒有法子。想起原來客人欠錢的十有八九，讓柳和找那富貴起來的客人求助。柳和説："從前和我家交朋友的，是為了我家的錢財罷了，要是孩兒坐高頭大馬拉的華麗車子，去借個千八兩銀子也不是難事。如今這般窮相，誰還想着從前，記得舊交情呢？再説，父親給人家錢財，從來沒有借字，討債也沒個憑據呵。"母親再三讓他去。柳和聽從了，出去討債。過了二十多天，一文錢也沒討來。只有個戲子李四，過去受過周濟，聽到這事，贈送了一兩銀子。柳家母子痛哭一場，從此，對討債的事絕望了。

黃家女兒已經十五歲了，聽到父親斷絕了和柳和的親事，私下不以為然。黃父想讓女兒另外嫁人。黃女哭泣説："柳郎不是生下來就窮的。如果他現在比以前還富上一倍，別人能娶走我嗎？如今因為柳家窮就斷親，太不仁義了。"黃父很不高興，婉言百般勸說，黃女始終不動搖。黃家父母都生了氣，天天唾罵，說女兒沒出息，黃女也不在乎。

不久，黃家夜裏遭到強盜搶劫，黃家父母受了酷刑，差點死去，家中財物全給搶光了。過了三年，黃家更加敗落。有個西路商人聽說黃女很美，願意出五十兩銀子娶她。黃父見錢眼開，應許了，打算硬讓女兒嫁過去。黃女知道了這事，塗髒臉，換上裝，乘夜間逃走了。

一路要着飯，經過兩個月，黃女才到了保定，打聽出柳和家的地址，直接找到門上。柳母以為是要飯女子，就喝斥她。黃女嗚嗚哭着，說明自己是黃女。柳母一聽，拉着黃女的手也哭起來，說道："孩子，你又黃又瘦，怎麼落到這般模樣呵！"黃女又難過地述說了一路上的遭遇。柳家母子聽着都痛哭起來。於是，讓黃女洗臉、梳頭，轉眼間，黃女臉色白裏透紅，眉眼煥發光彩。柳家母子看着非常高興。可是，一家三口，每天只能吃上一頓飯。柳母哭着說："我母子受苦是該當的，可憐的是對不住我賢惠兒媳婦呀！"黃女笑着安慰婆母，說："新媳婦在叫化子當中，嚐夠了貧困滋味。今天看來，覺得有天堂地獄的差別呢！"柳母讓她說得笑了。

一天，黃女走進閒屋裏，看到地面上長滿叢叢雜草，又進了內房，地上積滿厚厚一層塵土，陰暗角落裏似乎堆積着東西，踢一下硬得碰腳，拾起來一看，都是銀子呢！趕快跑去告訴柳和。柳和同她一道去觀察，原來宮叔往日扔拋的瓦片石塊，都變成銀子了。想起小時候常和宮叔在屋裏地下埋石頭，莫非都是銀子吧！可是，原來的宅子已典當給東鄰。急忙贖回來，進舊宅子去看，地上方磚殘缺地方，原來埋藏的石子顯露出來，柳和很覺失望；再掘掘別的方磚，那下面卻全是白花花的銀子呢。霎時之間，柳家成了百萬富翁了。從這，贖田產，買奴僕，宅第豪華勝過往日。

於是，柳和自勉說：「若不自立，對不起宮叔！」下定決心，閉門攻書，三年後中了舉人。就親自帶上銀子，去酬謝劉媽媽。到了那裏，柳和穿着耀眼的華麗衣裳，帶着的十幾個俊壯的僕人，都騎着歡騰的高頭大馬。劉媽媽只有間小屋，柳和就坐在牀上。滿巷子裏，人喊馬叫。這時候，黃父自從女兒逃走，西路商人逼着退還彩禮，那錢已花去了將近一半，賣了宅子，才還上彩禮錢，所以窮困得就像柳和先前那樣了。聽到原先女婿這般榮耀，黃父只有關起門來，自己難過傷心罷了。這邊劉媽媽打酒做菜招待柳和，說道黃女賢惠，歎惜她逃走，不知去哪裏了。又問柳和：“娶親沒有？”柳和説：“娶了！”吃過飯，柳和堅請劉媽媽去看新媳婦，坐上車一道回來。

到了柳家，黃女華裝麗服走出來，幾個丫環簇擁着，如同仙女一般。劉媽媽和黃女兩人一見，都很吃驚，於是敍述起以往舊事。黃女殷勤地問候了父母。一連幾天，款待劉媽媽特別優厚，給她做了高級衣服，上下一新，才送她回去。

劉媽媽去了黃家，報告了黃女的消息，並説黃女捎話問好。黃家老兩口一聽，大吃一驚。劉媽媽勸説黃家去探望女兒，黃父很覺難為情。

不久，受凍捱餓實在難忍，黃父不得已去了保定。及至到了柳家門口，只見門樓宏麗，看門人橫眉怒眼，從早到晚沒能稟告進去。看到有個婦女走出來，黃父陪着笑臉，低聲下氣地告知了自己姓氏，求她暗地裏通報給黃女。一會兒，那婦女又走出來，領着黃父進了耳房，説：“娘子很想見上一面，可是又怕郎君知道，正在等個機會。老大爺甚麼時候到這裏的，是不是餓了？”黃父訴説了家裏的難處。婦人拿出一壺酒、兩盤餚，放在黃父臉前，又贈送五兩銀子，説：“郎君正在上房開宴，娘子怕是不能來了。明天清晨早點走吧，別讓郎君知道了。"黃父答應下來。

第二天，早早起牀，收拾好行李要走，可是大門還沒打開，黃父只好待在門洞裏，坐在行李卷上等待。忽然，院裏喧嚷着主人出來了，黃父正要躲避，柳和已經看見，見怪地質問是甚麼人，僕人都回答不出來。柳和生氣説："必定是個賊人！抓起來送到官府去。"僕人答應着，拿出繩子將黃父捆在樹上。黃父又羞愧又害怕，不知説甚麼好。不多時，昨天那個婦人出來，跪下稟告説："是我舅舅。因為昨晚來得晚，所以沒能稟告主人。"柳和下令給解了綁。婦人將黃父送出大門，説："忘了囑咐看門人，出了這個差錯。娘子説：想念的時候，可讓老夫人裝成賣花的，和劉媽媽一起來。"黃父答應，回去後説給黃母聽。

黃母渴望見見女兒，就告訴劉媽媽。劉媽媽果然和她一起到了柳家。經過十幾道院門，才到達黃女住房。黃女身穿彩帔，頭梳高髻，戴的是珠寶翠玉，穿的是綾羅綢緞，散發的香氣襲人，細聲一語，大小丫頭老媽子快步走進，圍繞身旁，搬來飾金的交椅，放好墊腳的竹具，伶俐丫環送上香茶。母女兩人都用隱語互相問好，四目相對，淚眼汪汪。到了晚上，整理臥室，安置好兩位老媽媽，睡的被褥，又溫暖又舒適，就是當年富裕時也沒有過。黃母住了三五天，黃女待承得情深意厚。黃母多次將女兒領到無人地方，哭着表白以前錯了。黃女說："我們母女有甚麼忘不了的過錯，只是柳郎憤恨沒解，防備他知道呵！"每逢柳和來，黃母就趕忙躲開藏起來。

一天，母女兩人正在對坐說話，柳和突然進來看見了，生氣地斥責說："哪裏的老東西，竟敢和娘子靠身坐着，該撕光她的鬢毛！"劉媽媽趕忙進來說道："這是我的親戚，賣花的王嫂，請別怪罪！"柳和趕忙請劉媽媽坐在客位，道歉認錯。接着坐下說："姥姥來了幾天，我太忙了，沒得閒敍談。黃家那個老畜生還在不？"劉媽媽笑着說："都還很好，只是窮得沒法過。官人大富貴，怎麼不顧念下丈人女婿的情分呢！"柳和拍着桌子說："當年，要不是姥姥憐惜賞給我一盆粥，我怎麼能回到家鄉來！如今恨不得捉住那老畜生，吃他的肉，睡他的皮，有甚麼可憐惜的！"說到恨處，站起來頓着腳罵。黃女惱怒說："他即使不仁義，也是我的父母。我千里迢迢跑來，凍傷了手，磨破了鞋，也覺得對得起郎君。怎麼就對子罵父，讓人難堪呢！"柳和這才消了怒火，起來走了。黃母又羞愧又喪氣，無臉見人，辭別要回家。黃女偷偷給了二十兩銀子。

　　黃母回去後，不再來往，音信斷絕。黃女十分思念父母，柳和就派人去叫他們來。黃家兩老口來到，慚愧得無地自容。柳和道歉説："去年兩位老人光臨，又不説明白，所以多有冒犯得罪。"黃父只有諾諾答應着。柳和給黃家二老換上新衣新鞋，熱情安置招待。住了一個多月，黃家二老終究是心裏不安，就告別要回家。柳和贈送了一百兩銀子，説："西路商人給五十兩，如今我加倍給你。"黃父羞愧着收下來。柳和派上車馬，送黃家二老返回家鄉。黃家老兩口到了晚年，仍然過着小康生活。

雷曹

樂雲鶴、夏平子兩個人，小時是同鄉，大了又是同學，成為莫逆之交。夏生小時就很聰明，十歲就因有文才而出名。樂生虛心向夏生求教，當作老師侍奉；夏生也認真指導，從不懈怠。因此，樂生的文思日見長進，和夏生齊名了。可是，他們科舉不得志，總是榜上無名。

不久，夏生染上瘟疫死了，家裏貧窮無力安葬；樂生挺身而出，獨自擔當起來。夏生撇下個抱在懷裏的孩子和妻子，樂生按時周濟夏家，每得一升半斗糧食，必定分成兩份，送一份給夏家，夏生的妻子和兒子靠這才活下來。於是，士人大夫更加稱讚樂生。

樂生家裏田產不多，又替夏生撫養家屬，家境日益艱難。歎息說："平子這麼有才分的人，還碌碌無為地死去，何況我這樣的！活着不能及時取得富貴，成年累月地憂慮，恐怕早於狗馬填進溝去，辜負了這一輩子，不如早早自作打算吧。"於是，放棄讀書，去做買賣，經營了半年，家境略為富裕。

一天，樂生到金陵，在客店歇息。看見一個高個子，瘦骨嶙峋，徘徊座旁，神情暗淡，面帶愁容。樂生問他："想吃東西嗎？"那人也不言語。樂生推過飯食讓他吃，那人就用手抓着吃，一會兒就吃光了。樂生又叫添了兩個人的飯，那人又吃光了。樂生又叫店主割塊豬肘子，堆上一摞蒸餅，那人又把幾個人的飯都吃光了，這才吃飽肚子，道謝說："三年以來，還沒有吃這麼飽過。"樂生說："你真是個壯士呵，怎麼竟然這般困頓呢！"那人說："有罪遭到上天懲罰，不能說呵。"問他家在何地。說："陸地沒有屋，水上沒有舟，清晨在村裏，傍晚在城外罷了！"樂生整治行李要走，那人跟着，戀戀不捨。樂生辭別。那人告訴說："你將有大難臨頭，我不忍心忘掉這一頓飯的恩德呵！"樂生覺得奇異，就和他一起走了。路上拉他一塊吃飯，那人推辭說："我一年只吃幾次飯呢！"樂生更加驚奇。

第二天渡江，忽然狂風大作，波濤洶湧，商船全都翻了。樂生和那人全掉到江裏。轉眼風停，那人背着樂生踏着波浪鑽出水面，上了條客船，自己又破浪而去。一會兒，那人拖了一條船來，扶着樂生上去，囑咐樂生躺着看守船隻，又跳進江裏，用兩臂夾着貨物出水，把貨扔到船上，接着，又沉進水中。幾進幾出，撈出的貨物擺滿了船。樂生道謝說："你救活了我，我就很滿足了，哪敢希望貨物再撈回來。"檢查下貨物錢財，毫無損失，越發高興，樂生認為那人準是神人。開船要走，那人卻要告辭，樂生苦苦挽留，才一塊渡江。樂生笑着說："這場災難，只是丟了隻金簪子罷了。"那人要再去找尋。樂生剛要勸止，那人已經投身江中不見了。樂生驚愕了好長時間，忽見那人帶笑出水，將簪子交給樂生，說："幸而完成你的使命了！"江上人沒有不驚奇的。

　　樂生和那人回到家，坐臥一起，時刻不離。那人十多天才吃一頓飯，吃起來無其乃數。一天，那人又說要走，樂生堅決挽留。當時正是天陰要下雨，聽到雷聲，樂生說："雲裏不知道甚麼樣子，雷又是甚麼東西？怎麼能夠到天上看看，這個悶葫蘆就可解開了。"那人笑着說："你想要去雲中遊玩一番嗎？"

　　不多會兒，樂生很覺疲倦，伏在牀上打磕睡。醒來，覺着身子搖，不像在牀上；睜眼看看，是在雲彩裏，周圍像團團棉絮。驚奇地站起來，暈糊糊地像在船上，用腳踩踩，軟綿綿不是地面。抬頭看看星辰，就在眼前，還疑心是在做夢。仔細看看，星星鑲嵌天上，像蓮子在蓮蓬上一樣。那星星，大的像甕，次的像瓶，小的像盅子；用手搖，大的堅硬不動，小的活動，似乎能夠摘下來，就摘了一個，藏在袖子裏。撥開雲彩向下看，只見雲海茫茫，城市豆般大小。驚心地一想：設若一失腳，這身子還用問會怎樣了嗎！

一會兒，只見有兩條龍屈伸自如地駕着蒙錦的車子走來。那龍一甩尾巴，摔鞭子般響。車上有容器，卻有幾丈粗，滿盛着水。有幾十個人，拿家雜舀水，灑遍雲間。那些人忽然看到樂生，都很奇怪。樂生仔細一看，相好的壯士在那些人裏面呢。那人對眾人說：“他是我的朋友！”就取了件家雜交給樂生，教他灑水。當時大旱，樂生接過家雜，撥開雲彩，看着大約是家鄉的地方，盡情灑水。

待了一會兒，那人對樂生說：“我本是雷曹，先前耽誤了行雨，罰降人間三年。如今天限期滿，從此要離別了。”就將駕車的萬丈長繩扔在臉前，叫樂生抓住繩頭，好墜送下去。樂生害怕，那人笑着說：“不妨事！”樂生按他説的辦，颭颭地轉眼到達地面。看看，是墮立在村子外面。那繩子漸漸收回雲裏，看不見了。當時旱情很重，十里地外只下了一指雨，惟獨樂家村裏，雨下得溝渠都滿了。

樂生回到家裏，摸摸袖子，摘的那顆星還在。取出來放在桌上，黑乎乎的像塊石頭，到了夜裏，放出光亮，滿屋通明。於是，樂生更加當作寶貝，錦包緞裏珍藏起來。只有知己客人前來，才取出星星，照明飲酒。要是從正面看這星星，條條光芒直射眼睛。

一天晚上，樂生的妻子面對星星坐着，握髮梳理，忽然看到星光漸漸縮小得像螢火蟲那樣，滿處流動亂飛。妻子正在驚奇詫異，那星星已飛進口裏，咯不出來，竟然嚥下去了。妻子嚇得跑去告訴樂生，樂生也很覺奇怪。睡下以後，樂生夢見夏平子來了。夏生説："我是少微星呵！你對我的好處，牢記心中。又承蒙你把我從天上帶回來，可説是有緣分。今日做你的後代，報答大恩大德。"樂生三十歲了還沒兒子，得了這夢，很是高興。從這，妻子果然懷孕了。到了臨盆生產，光照滿室，像星星在桌子上那樣，就給兒子取名叫"星兒"。星兒非常伶俐，十六歲上就中了進士。

賭　符

有個韓道士，居住在縣裏的天齊廟，很有法術，人們都稱呼他是仙人。我那去世的父親和他最要好，每次去城裏，都要去登門拜訪。有一天，我父親和現已去世的叔叔到縣城去，打算拜訪韓道士，正巧在半路遇見了。韓道士交給他們兩人鑰匙，說：「請你們先去開開門坐着，一會兒我就回去了！」兩人就按他說的，到了廟裏打開門鎖，可是韓道士已經坐在屋裏了。有許多許多像這樣的奇事。

原先，我有個族人，嗜好賭博，經過我那父親的介紹也認識了韓道士。當時，大佛寺裏來了個和尚，專愛賭博。賭起來，專押大注，輸贏不在乎。族人得知這個消息，來了興致，帶上家裏僅有的幾兩銀子，來到佛寺，和胖和尚賭了起來，不多會兒，將銀子全部輸光。他回到家來，心裏發燒，手上作癢，典去房子田地，又去了大佛寺。這一次，折騰了一個通宵，全部輸光。這一下子，他真像是鬥敗了的雞，垂頭喪氣，順路去訪問韓道士。

韓道士見他精神恍惚，前言不搭後語，忙問：“出了甚麼事？”族人一五一十，將賭博輸光的事，説了一遍。韓道士聽罷，笑着説：“常賭豈有不輸之理！不過，你要能決心戒賭，我有辦法讓你贏回來！”族人説：“只要能贏回來，我就拿鐵棍砸碎這花骨頭骰子。”於是，韓道士在黃表紙上畫了一道神符，交族人束在腰裏，囑咐説：“只要把輸掉的錢贏回來就行了，萬萬不要貪心不足！切記！切記！”又拿出十吊錢説：“這一千錢，你拿去作賭本，贏了錢再還給我。”

族人高興極了，又直奔大佛寺。那和尚一看錢，嫌少，不屑於和他賭。族人堅決要求，只請求擲一次就行。和尚笑着依從了，押一千錢作為一注。和尚擲了骰子，沒有勝負，族人接過骰子，一擲就贏了。和尚又拿出兩千作為一注，又輸了兩千；和尚漸漸把賭注增到十幾千。族人擲的明明是輸點，一吮喝，就成了勝點。估算着，先前輸掉的錢，不多會兒全給贏回來了。族人心裏打算，要是再贏上幾千，豈不是更好嗎！於是又賭下去，可是骰子出的卻是劣等了。他心裏奇怪，站起身來，一掏腰裏，壞了，神符丟了！渾身嚇出了冷汗，知道不能再賭了！於是收拾起錢，回到了天齊廟。還了道士借的一千錢，數錢算賬，加上最後輸的兩注，正好符合原來輸掉的錢數。族人施禮道謝，並且慚愧地說丟失了那道符！韓道士笑了：「那神符已經在我這裏了。再三囑咐你：千萬別貪心不足，可你又不聽，我只好把神符取回來了！」

促織（蟋蟀）

明朝宣德年間，皇宮裏時興鬥蛐蛐兒（蟋蟀），每年都向民間徵收。蛐蛐這個東西兒本來不是西部出產的；只是有個陝西省華陰縣的縣官要巴結上司，送獻了一頭蛐蛐。後來試着讓這個蛐蛐去鬥，卻很有本事，所以下令讓華陰縣按時供應。縣官又下令讓里長們供應。街市上遊手好閒的人，得到優良的蛐蛐，用籠子養起來，抬高價格，當成寶貨。里長們很狡猾，假借這事攤派到各家各戶，每徵一頭蛐蛐，往往有幾家因此破產。

縣裏有個人叫成名，唸書打算考秀才，長期沒考上。這人性情迂腐，不善說話，就被狡猾的公差報上名字，充當了里正。成名千方百計找門路想辦法，也退不掉這個差事。幹了不到一年，本來不多的田產給賠光了。正在這時又碰到徵蛐蛐，成名不敢向各戶攤派收繳，自己又沒有錢財賠償，發愁苦悶，急得要死。

成名的妻子説：“就是死了，又有甚麼好處呢！倒不如自己去尋找捕捉蛐蛐兒，或許萬一能捉住呢！”成名贊同這個意見。於是，他早出晚歸，提着竹筒子、銅絲籠子，在那些破牆亂草裏，探石縫，挖土洞，甚麼法子都用過了，到底還是不濟事。就是捕捉到三兩頭蛐蛐兒，又都是些劣種弱貨，不符合規定的標準。縣官定下限期，多次用刑追逼，十多天裏成名被打了百十板子，兩條大腿間膿血淋漓，連蛐蛐兒也不能走去捉捕了，躺在牀上翻來覆去，只是想自殺死了算了。

這時，村裏來了個駝背神婆子，能請神算卦。成名的妻子帶着香錢前去問卦。只見紅顏少女、白髮老太婆，擠滿了門戶。進了神婆的屋子，那內室前垂掛着門簾。簾子外面擺設着香案。問卦的人燒上香插在香爐裏，一拜再拜。神婆站在旁邊替問卦的對着半空禱告，嘴唇一閉一張，也不知道唸的是甚麼。每個人都很肅靜地站着等待。待了一會兒，簾子裏面扔出一張紙片，上面寫着問卦人的心事，完全符合，沒有絲毫差錯。

成名的妻子把錢放在香案上，燒香跪拜和先前那人一樣。一頓飯的工夫，簾子一動，一片紙丟出落地。撿起來一看，不是字而是畫，上面畫着殿閣，好像是寺廟；殿閣後面，小山下面臥躺着奇形怪狀的石頭，一叢荊棘，一頭屬於叫"青麻頭"的好品種的蟋蟀趴伏着，旁邊一個蛤蟆，像是就要跳起來。成妻看着只是看不明白。可是見畫上有蟋蟀兒，暗地裏符合了心事，於是，摺疊起畫，藏在衣襟裏，回到家裏給成名看。

成名翻來覆去揣摩，心裏想："莫非是指教給我捕捉蟋蟀的地方嗎？"細看畫上的景象，和村東面的大佛閣非常相似。於是，勉強起牀，扶着拐棍，拿着畫圖，走到大佛閣的後面。只見有座古墳，草木很是茂盛。沿着墳走，看到臥着的一塊塊石頭，簡直就和畫上的一樣。就在蓬蒿叢裏側耳細聽，慢步前行，像尋找銀針芥子似的。可是費盡眼神耳力，一點蟋蟀的影蹤動靜也沒有。

成名仍然用心盡力搜索着，猛地一頭癩蛤蟆跳過去。成名一見，越加驚奇，急忙追趕，蛤蟆鑽進草叢裏去了。他輕步跟蹤，分開枯草尋求，只見有個蟋蟀趴伏在荊棘根上。趕忙一撲，蟋蟀鑽進石窟窿裏去了。成名用尖細小草探挑，蟋蟀不出來，又用筒水澆灌，才爬出來。一看，蟋蟀的形狀很是俊秀健壯。成名追上前去，捕捉住了。仔細觀察，這蛐蛐大大的身個兒，細長的尾巴，青色脖頸，金黃的翅膀。他高興極了，將蛐蛐放在籠子裏，帶回家來。全家人高興得慶賀，就是能換幾個城池的玉璧，也不如這蛐蛐金貴。

把蛐蛐放在盆裏供養着，餵牠蟹子的白肉，栗子的黃粉，極為愛護，留着等到限期，好交官差。

成名有個兒子，才九歲，瞅着他父親不在場，偷偷掀開盆蓋。那蛐蛐兒蹦跳出來，快得沒法去捉。趕忙捕捉到手裏時，蛐蛐兒已經掉了大腿，裂了肚子，不多會兒就死了。兒子害怕，哭了，去告訴了媽媽。媽媽一聽，臉色灰白，十分驚怕地說：「小畜牲！該死啦！你爹回來，準會和你算賬的！」兒子嚇得哭泣着走了。

不多時，成名回家來，聽到妻子說的情況，如同冰雪澆身。他氣忿忿地去找兒子，可是兒子無影無蹤，不知何處去了。後來，在一口井裏找到兒子的屍體。這一下子，怒氣化成悲傷，急得頭碰地，口喊天，哭得要斷氣了。夫妻兩口子呆坐在牆角，也不生火做飯，只是沉默着臉對臉看着，覺得沒有甚麼指望了。

天快黑了，準備將兒子用蓆捲起來去埋葬。靠近撫摸，覺得還有輕微的喘息。心裏有點歡喜，把兒子放在牀上。到了半夜，兒子又復活了。兩口子這才心裏稍微熨貼些，但兒子神情癡呆，氣力不足，只是想睡。成名回頭看看蛐蛐籠子空空的，就忍氣吞聲，也不把兒子死活放在心上了。從傍晚到清晨，一宿也沒合眼。

太陽升起時候，成名還木頭般躺在牀上發愁。忽然聽見門外有蛐蛐叫聲，吃驚地起牀去察看，原來那隻蛐蛐仍然還活着。心裏高興，趕忙捕捉，那蛐蛐叫了一聲就跳走，跑得很快。成名撲過去，用巴掌趕快捂住，覺得空空的沒有東西，剛抬起巴掌，那蛐蛐又猛地跳開了。成名急忙追趕，轉過牆角，弄不清蛐蛐哪裏去了。

成名走來走去，四處張望，發現蛐蛐趴伏在牆壁上。仔細觀看那蛐蛐，又短又小，黑紅色，完全不是原來那隻。他覺得這隻短小，以為是個劣等貨，不去捉牠。只是東看西看，前看後看，找尋他所追趕的那隻。牆上那隻小蛐蛐忽然蹦下來，落在成名襟袖之間。成名看看這隻，形狀像隻螻蛄，梅花翅膀，棺材頭，腿挺長，似乎像個好品種。心裏喜歡，就收養起來，準備貢獻給縣官去。可是，心裏不踏實，害怕不合乎要求，心想讓這隻蛐蛐鬥鬥，看看本事到底怎麼樣。

村裏有個遊手好閒的少年人，馴養了一頭蛐蛐，取名叫"蟹殼青"，天天拿着和同輩的蛐蛐鬥，從沒失敗過。他想用牠撈一筆，定了個高價錢，也沒有人能買牠。這少年直接上門找到成名，見成名養的蛐蛐，捂嘴暗笑。於是，拿出自己的蛐蛐來，放在比鬥的籠子裏。成名一看，那蛐蛐個頭大又挺健壯，自然更加膽怯羞愧，不敢比試，少年堅持要比。成名回頭一想：養着個劣等貨終究沒有用處，不如讓牠拼一場，換個大家歡笑。

於是，將兩隻蛐蛐放進鬥試的盆裏。這小蛐蛐趴伏着一動不動，蠢笨得像隻木頭雞。那少年又大笑起來。試着用豬鬃撩撥蛐蛐的觸鬚，這小蛐蛐仍然不動彈。那少年又笑了。多次撩撥，小蛐蛐突然發威，直衝過去。兩隻蛐蛐鬥起來，跳躍攻擊，鼓翅鳴叫。猛然看見那小蛐蛐跳起來，張開雙尾，挺直觸鬚，奔去啃住敵方的脖頸。少年大吃一驚，急忙解脫開來，讓牠們停止了戰鬥。那小蛐蛐翹起翅膀自我誇耀着鳴叫，似乎報告主人勝利了。成名十分高興。

這時，大家正在一塊看着玩，有一隻雞忽然走來，直接伸頭就啄那小蛐蛐。成名嚇得站起來驚慌喊叫。幸虧沒有啄中，小蛐蛐跳出兩尺多地，那雞又跨步前進，追着趕上，那小蛐蛐眼看落在雞爪子下了。成名急慌着不知該怎麼搶救，只是跺腳，臉都給嚇黃了。接着，只見那雞伸挺脖頸，擺着頭，撲拉翅膀。近前一看，原來那小蛐蛐趴在雞冠子上，使勁叮着不放。成名更加驚奇喜歡，捉住小蛐蛐放在籠子裏。

第二天，成名將小蛐蛐呈送給縣官。縣官一見這蛐蛐太小，生氣地訓斥成名。成名就講出這蛐蛐的奇特本領。縣官不相信。用牠和別的蛐蛐鬥，那些蛐蛐都敗了。又用雞來試驗，果然像成名說的那樣。縣官這才獎賞了成名，把小蛐蛐進獻給陝西巡撫。巡撫非常高興，用金絲籠子盛着貢獻給皇帝，寫了奏文詳細說明這小蛐蛐的能耐。

已經獻進到宮裏，拿着各地進貢的上等品種的蛐蛐，甚麼蝴蝶、螳螂、油利撻、青絲額等等，各種奇特的蛐蛐，全都比試賽過，沒有能比得上這隻小蛐蛐。這隻小蛐蛐，每次聽得彈奏琴瑟的聲音，還會應合着節拍跳舞，更令人新奇。皇帝很是欣賞高興，下令賞賜給巡撫名貴馬匹，高級錦緞。巡撫也清楚這賞賜是怎麼得來的，不多久，縣官就被上報成做官成績突出。縣官很高興，免去成名的苦差使，又囑託考試官，讓成名考中秀才。

過了一年多，成名的兒子精神恢復正常，他自己說："身子變化成蛐蛐，身體輕便，動作敏捷，善於打鬥，到如今才醒過來。”

　　巡撫也重賞了成名。不幾年，成名家裏有了百頃田地，高樓大廈一片，牛羊成羣，每次出門，穿着名貴皮衣，乘着豪華的車馬，甚至超過那些世代為官的家庭呢！

雨 錢

濱州一個秀才，在書房讀書。聽到有人敲門，開門一看，是個白髮老翁，相貌很古板。領進來，請問姓名。老翁自己説："姓胡，名養真。其實是個狐仙，傾慕先生高雅，願意早晚來往。"秀才胸懷寬闊，也不拿着當怪事，就和他評論起古今的事情來。老翁的學識很是淵博，話語生動，口齒伶俐，不時談論經書的涵意，道理極為深奧，更使人覺得不簡單。秀才驚歎佩服，留他談了很長時間。

一天，秀才悄悄地請求老翁説："你待我的友情很深厚。可是我窮到這地步，你只要一抬手，金錢自然可以立刻尋來。怎麼不能稍微周濟我一點呢！"老翁沉默不語，似乎是不以為然。待了一會，老翁笑着説："這太容易了。只是需要有十幾個錢作母。"秀才按他説的辦了。老翁就和他一起進了密室，一顛一顛走着大禹的步子，唸咒作法。一會兒，就有幾十百萬銅錢，從樑間錚錚響着掉下來，像下暴雨一般。轉眼之間，銅錢就埋到膝蓋；拔出腳來站好，銅錢又沒過踝骨。丈多寬的房間，銅錢約有三四尺深了。老翁就看着秀才説："可以滿足你的願望了吧！"秀才説："夠了！"老翁一揮手，銅錢劃然停止，不再往下掉了。兩人就出來鎖好房門。秀才心裏高興，覺得這一下子可發財了。

過了一會兒，秀才打開門進去拿錢，可是滿屋子的錢全都沒有了，只有作母用的十幾個銅錢還在。秀才很失望，就對老翁發火，埋怨老翁欺騙了他。老翁氣憤地説："我本來和你交的是詩文朋友，不打算和你作賊。要使你滿意，只該去找那樑上君子交朋友。老頭我不能按你的意思辦！"老翁一甩袖子，走了。

姊妹易嫁

　　掖縣有個當了宰相的毛公，原先家裏門第低微，生活貧窮。他父親常常給人家放牛。當時，縣裏世代做官的張姓，有塊新墳地在東山南面。有人經過這墳地旁邊，聽到墳裏怒斥道："你輩趕快躲開！別總在這裏玷污了貴人的宅子！"張姓聽到這事，也不很相信。接着又連續在夢裏受到警告，說："你家墳地，本來是毛公的陰宅，你家怎能長久借住這裏。"從此，家裏運氣不好了。客人勸說道，只有遷葬了才能吉祥，張姓聽從，就將墳挪走了。

　　一天，毛公的父親放牛，經過張姓原來的墳地，突然遇上大雨，就跑到廢棄的墓穴裏躲避。接着，大雨傾盆，積水奔向穴洞，咕咕嚕嚕灌滿，將毛父淹死在裏面。毛公當時還是個兒童。他母親親自去見張姓，乞求給塊地埋葬丈夫。張姓問明白她家姓氏，很是奇怪；去看了看淹死人的處所，正是該放棺材的地方，更加驚奇。就讓毛家就着原來墓穴埋葬了，並且叫她帶着她兒子來一趟。辦完喪事，毛母同兒子一道來到張家道謝。張姓一見毛公，非常喜歡，就留在家裏，教他讀書，將他當自家的子弟看待。又提出把大女兒許給他做妻子。毛母驚奇，不敢應許。張妻說：「既然有了這話，哪能半路改變！」終於將大女兒許配給毛公。

可是，張家大女兒輕視毛家，埋怨和嫌丟人的心情，說在口裏，現在臉上。有人偶而提到這件親事，她就摀住耳朵。她常對別人說：「我死也不嫁給放牛娃。」到了迎親日子，新郎坐上酒席，花轎停在門外；這張女袖子摀着臉對牆哭泣。催她上妝，不上妝；勸說她，也勸解不開。不多時，新郎請行，鼓樂喧天；張女仍然淚眼婆娑，頭髮蓬亂。張父勸女婿稍等，自己進入內房勸女兒。張女仍然哭泣，像沒聽見。張父生氣，逼她上轎，張女更加放聲痛哭起來。張父沒有法子治她。僕人又傳告：「新郎要走了。」張父急忙出來，說：「還沒打扮好，請新郎稍停停，等一等！」就又跑進內房看看女兒，去去來來腳步不停。拖延了一陣，事更緊急；張女終究不回心轉意。張父沒法，不知該怎麼辦，真要急煞了。張家二女兒在旁邊，責怪姐姐，一勁地勸説。姐姐生氣説：“小妮子也學着別人絮叨，你怎麼不跟他去？”妹子説：“阿爹本來沒把妹子許給毛郎。要是把妹子許配給毛郎，何須姐姐勸駕呢！”張父聽得二女兒説話慷慨直爽，就和張母暗地商量，用二女兒代替大女兒。張母立時向二女兒説：“那個不孝順的丫頭，不聽爹娘的話。我想叫你替姐姐，女兒你肯不肯去？”二女兒痛快地説：“爹娘教孩兒去，就是許給個要飯的，女兒也不推辭。再説，怎麼見得毛家郎就終究會餓死呢！”爹娘聽她這麼説，非常喜歡，就用姐姐的嫁妝打扮好二女兒，匆匆忙忙打發上轎去了。

過了門，兩口子親親熱熱，相敬如賓。只是二女兒素來有個頭髮稀禿的病，稍微使得毛公心裏不大愉快。時間長了，漸漸知道了姐妹易嫁一説，從此更感激張女知己的恩情。

時間不久，毛公成了秀才，去應考舉人，路上經過王舍人莊。店主人在頭天夜裏夢見神人告知：早晨有個毛解元來，日後還會從危難中救你。因此，店主人早早起來專門等候東邊來的客人。及至見到毛公，很歡喜，供應的酒飯特別豐美，不要付錢；特地告訴了自己的夢，鄭重託付一番。毛公也很自負，認為必定得個舉人第一名了。暗暗想到妻子頭禿，恐怕被貴人笑話，等富貴以後，該當另娶個妻子。哪知到張榜之時，毛公竟然沒有考中。於是，他精神不振，步子也邁不動了；懊惱惋惜，覺得十分喪氣。心裏羞慚，怕見店主人，不敢再從王舍人莊經過，從另條路回家去了。

過了三年，毛公又去應考，那家店主人仍然像起初一樣，起早等候，熱情招待。毛公說：「你的話那次沒應驗，很對不住你的誠意款待。」店主說：「秀才你是因為暗想換妻子，所以被陰間除名才落榜了。哪裏是我的怪夢不能實現呢！」毛公愕住，問其原故。原來是那次分別後，店主人又做了個夢才知道的。毛公聽後，又後悔又心驚，呆呆站着像個木頭人。店主人對他說：「秀才應當自愛，終究會成解元的。」不久，毛公果然中了榜上第一名，妻子的頭髮也很快長起來，髮髻烏黑光亮，反而更加增添了幾分嬌媚。

張家大女兒，嫁給同街富戶子弟，有些趾高氣揚。可是，那丈夫浪蕩懶惰，家境逐漸衰敗，四壁空空，窮得無飯可燒。聽到妹妹成了舉人夫人，越發慚愧，往往路上遇見妹妹就躲着走開。又過了不久，丈夫死了，張家大女兒的家境破落下來。接着，毛公又高中了進士。那大女兒聽到了，刻骨般怨恨自己，氣憤得落髮當了尼姑。到了毛公成了宰相，回家鄉時，那大女兒勉強打發女弟子去毛府拜見問安，盼望能贈點甚麼。女弟子來到，夫人贈予許多匹綢紗羅絹，將銀子裹在裏面。女弟子並不知道，帶回去見了師傅。師傅很失望，氣得說：“給我點銀錢，還可買柴買米，這種禮物，我用不着。”就叫拿回去。毛公和夫人很奇怪，打開一看，銀子還在裏面，才明白退回的意思。毛公拿出銀子，笑着說：“你師傅百十兩銀子還擔當不起，哪有福氣嫁我這個老尚書呵！”就拿了五十兩銀子交給女弟子帶去，說：“拿去，作你師傅的生活費用。多了，怕是她福氣太薄承受不了呵！”女弟子回來，全告訴了師傅。師傅沉默不語，暗自歎息，想想自己平素所作所為，正反常常顛倒，美和惡的躲避和追求，哪裏由得自己呢！

後來，店主人因人命案子被捕入獄，毛公竭力解脫，他才得到免罪釋放。

小獵犬

山西衛周祚中堂大人，在當秀才時，厭煩俗務干擾，借住在寺廟裏讀書。苦惱的是房裏的臭蟲、蚊子、跳蚤很多，通夜都睡不成覺。

一天，飯後，衛公躺在牀上休息，忽然看見一個小武士，頭插野雞翎子，身高有兩寸多，騎的馬大如螞蚱，臂膀上戴着青色皮臂套，架的鷹有蠅子般大，從門外進來，在屋裏繞着圈子轉，忽而慢步忽而快跑。衛公正凝神細看，忽然又有一小人進來，打扮和那個一樣，腰裏懸掛着小弓小箭，牽着的鬣狗像隻大螞蟻。又一會兒，走着的，騎着馬的，紛紛進來有幾百人，鷹也有幾百，獵狗也有幾百。見到蚊子蒼蠅飛起來，就縱放小鷹飛騰追擊，全把蚊蠅追撲殺死。那些獵狗就上到牀上，爬到牆上，搜捕咬啃蝨子跳蚤，凡是藏伏在牆縫牀縫的，只要一聞就都給聞出來。不多時間，就差不多全給捕殺乾淨。衛公假裝睡着，瞇着眼偷看。那小鷹飛來飛去，那小獵狗躥來躥去，在他身邊周圍。

一會兒，有個穿黃袍的人，戴着平天冠冕，像個大王，登上另外一張牀，將馬拴在牀席邊上。跟隨的騎馬人都下了馬，武士們獻上獵取的蚊蠅、蝨蚤，紛紛集合站滿大王身邊，也不説些甚麼。不多會兒，那個大王上了小小的皇帝乘的車子，那些衛兵匆匆忙忙，各自上了馬，那麼多馬蹄飛奔，紛紛如同撒開菽子，煙霧飛騰，刹那間散開走光了。衛公清清楚楚看在眼裏，驚奇這些小人小馬不知從哪裏來的，

衛公起身輕輕走出門外窺探，渺茫沒有蹤跡聲響，回身到屋裏繞屋觀看，也看不見甚麼，只是牆磚上丟下一頭小獵狗。衛公趕忙捉住牠，那小獵狗很是溫馴。放在硯台盒子裏，反覆細看，那小獵狗，渾身的毛細茸茸的，脖子上套着個小環。餵牠飯粒子，聞一聞就扔掉。牠跳上牀去，搜尋衣縫，啃咬蟣子，一會兒又回來趴臥着。過了一宿，衛公疑心那小獵狗已經去了；可是一看，還爬伏着像原來那樣。衛公躺下，那小獵狗就爬上牀席，碰到跳蚤

臭蟲就咬死，蚊子蒼蠅也沒有敢落在牀席上的。衛公喜愛牠，拿牠比寶貝還珍貴。

　　一天，衛公白天睡覺，這小獵狗偷偷趴在衛公身邊。衛公醒了翻轉身子，將小獵狗壓在身子底下。衛公覺得有東西，很懷疑是小獵狗，趕緊起身看看，那小獵狗已被壓扁死去，就像是紙剪成的樣子。可是打這起，這裏的臭蟲跳蚤就沒有活物了。

鴉 頭

　　書生王文，東昌府人，從小就很忠厚老實。一次，他在楚地遊歷，路過六河縣，住在旅店裏。到門外散步，遇見同鄉趙東樓。趙東樓是個大商人，在外做買賣，常常幾年不回家。見到王文，拉着手，非常高興，邀請王文到他住處去。到了那裏，只見有個美女坐在房裏，王文一愣，覺得奇怪，趕忙退出來。趙東樓拉住他，又隔着窗子招呼妮子躲開，王文才進了房子。趙東樓備好酒菜，兩人相互問候。王文就問：“這是甚麼地方？”回答說：“這是妓院。我因長期在外作客，臨時借住在這裏當家。”說話之間，妮子出入多次。王文侷促不安，起身告辭。趙硬拉住讓他坐着。一會兒，看見一個少女從門外經過。那少女望見王文，一雙水靈靈的大眼多次回看，眉目含情，儀態文雅，真像仙女一般呢。王文素來正派，到這時也迷惘若失了，就問：“那美女是誰？”趙東樓說：“這是老媽媽的二女兒，小名鴉頭，十四歲了。嫖客多次出高價給老媽媽，鴉頭不願意，捱了鞭打。鴉頭說自己年幼，苦苦哀求，才給免了，如今還待嫁呢！”王文聽到這話，低頭默默呆坐，回答問話都前言不搭後語了。見此情形，趙東樓開玩笑說：“你要是有意思，我當媒人。”王文失意地說：“可不敢有這個念頭。”可是，日頭要落山了，又不說走。趙東樓故意又說做媒的話。王文說：“你的好意，我實在感激，只是錢袋空空怎麼好呢？”趙東樓知道那女子性情高傲固執，一定不會答應，就說願意幫十兩銀子。王文拜謝了，趕緊到店裏拿出全部錢財，只有五兩銀子，回來後硬請趙東樓送交老媽媽。老媽媽果然嫌少。鴉頭對娘說：“母親天天責備我不當搖錢樹，今天我就遂你的心願。我初學接客，報答母親的日子長着呢。別嫌錢少，把財神放走了。”老媽媽知道女兒性子執拗，只要答應接客，自己也就歡喜了。就應許下來，派丫環去邀請王文。趙東樓也難以半路反悔，就加上十兩銀子交給老媽媽。

王文和鴉頭，情投意合，十分歡愛。之後，鴉頭對王文說：“我是下賤的妓女，不配和你做夫妻，承蒙深情愛憐，情分很厚。你花光錢財換取這一宵的歡樂，到了明天怎麼辦呢？"王文一想，不禁落下眼淚，抽泣起來。鴉頭說："不要難過。我流落風塵，實在不甘心。只是沒遇見忠厚老實、可以終身相託的、像你這樣的人。如今，咱們夜裏逃走吧！"王文高興，急忙起牀，鴉頭也起來，聽那譙鼓已是三更了。鴉頭趕緊換上男裝，匆匆忙忙一道走出。到了王文住處，敲開店主人的門。王文原先是帶着兩頭驢子來的，就託詞說有急事，叫僕人立刻上路。鴉頭將幾道符籙繫在僕人腿上和驢耳朵上，放鬆韁繩，極力奔馳，驢跑得飛快，王文眼都難以睜開，只聽得耳後呼呼的風響。

天剛放亮，就到了漢口，租了房子住下來。王文驚奇鴉頭怎麼會法術。鴉頭說："說出來，該不會害怕吧！我不是人類，是狐仙呢！母親過於貪財，我天天遭受虐待，心裏積滿怨恨。如今幸而脫離苦海了。出了百里地，她就算不出來，咱們可以平安無事了。"王文毫不疑忌，從容地說："房裏坐對着美人，家裏卻是四壁皆空，實在難以自我安慰，恐怕最終還是要被拋棄了呢。"鴉頭說："用不着發愁。如今市上貨物都可買賣，三兩口人，粗菜淡飯總是能顧上口的。可以賣掉驢子當本錢。"王文聽從她的話，就在門前開了個小店舖。王文和僕人一起親自幹活，在店裏賣酒。鴉頭做披肩，繡荷包，每天賺些錢，吃用都較富裕。過了一年多，慢慢能養得起丫環老媽子。從這，王文不再動手幹活，只是檢查督促罷了。

一天，鴉頭忽然憂愁得痛哭起來，說：「今夜該當遭難，怎麼辦呵！」王文問她，鴉頭說：「母親已經知道我的消息，必然逼迫我回去；要是派姐姐來，我不擔心，怕的是母親親自前來。」夜已盡，鴉頭慶幸地說：「不要緊，姐姐來了。」不多會兒，妮子推門進來，鴉頭笑着前去迎接。妮子罵道：「丫頭不害羞，跟着人逃跑。老媽叫我綁你回去。」就拿出繩索拴鴉頭的脖子。鴉頭生了氣，說：「我嫁一個人，有甚麼罪過！」妮子更加氣憤，拉拉扯扯，扯斷了鴉頭衣襟。家裏丫頭老媽子都趕過來了。妮子害怕，跑出門去了。鴉頭說：「姐姐回去，母親必定自己前來。大禍臨門，趕快想法逃走！」於是，急忙收拾行李，準備搬家。老媽媽忽然乘人不防闖進來，滿臉的怒氣，說：「我就知道丫頭無禮，必須親自前來。」

鴉頭跪下迎接，哀告哭泣。老媽媽不再說話，揪着鴉頭的頭髮，抓走了。

鴉頭被抓走了，王文坐立不安，傷心難過，吃不下飯，睡不成覺。急忙趕往六河縣，盼着能拿錢把鴉頭贖出來。到了那裏，門戶照舊，人物已經不是原來的了。問問住戶，都不知鴉頭家搬到哪裏去了。王文心裏難過、喪氣，回到漢口，遣散了店裏的僱工，帶着錢向東回家去了。

幾年後，王文去燕京，路過育嬰堂，遇到一個小孩，有七八歲。僕人看那孩子很像主人模樣，覺得奇怪，不住眼地盯着看。王文問：“你這樣看那孩子，為甚麼？”僕人笑着回了話，王文也笑了。仔細看那孩子，大方俊秀，很是可愛，想想自己沒有兒子，這孩子又像自己，就拿錢贖了出來。問孩子姓名，他說叫王孜。王文說：“你在懷抱裏時，就給捨棄了，怎麼知道姓名？”回答說：“師父曾經說過，拾我的時候，胸前有字，寫着‘山東王文之子’。”王文驚奇極了，說：“我就是王文呵，哪會有兒子？”想必是和自己同名同姓的。心裏暗暗喜歡，十分疼愛這孩子。回到家裏，見到王孜的人不用問就知道是王文的親生兒子。這王孜慢慢長大，很勇敢，有力氣，喜愛打獵，不務生產，特別樂鬥好殺，王文也管束不住。他還說自己能看見鬼狐，人們都不相信。當時，村裏有被狐狸精纏迷的，請王孜去看看。王孜到了那裏，指着狐狸藏避的地方，叫幾個人隨着猛打，就聽得狐精嗚嗚直叫，毛掉血流，從這，那家就安生了。人們更覺王孜不是平常人了。

一天，王文到市集上去，忽然遇見趙東樓。趙東樓衣帽不整，臉色枯暗。王文問他從哪裏來。趙東樓傷心地讓他找個地方說話。王文就同他回到家來，擺上酒菜。趙說：「老媽媽抓回鴉頭，痛打一頓。搬家北去，又要她接客。鴉頭發誓不找第二個，就被囚禁起來。生了個兒子，扔到偏僻小巷去，聽說在育嬰堂裏，想來已經長大。這是你的親骨肉呀！」王文一聽，傷心流淚，說：「萬幸，小兒已經回到我身邊了！」就說了先後經過情形。又問趙東樓：「你怎麼窮困到這種地步？」趙東樓歎息說：「如今才明白和妓女相好，不能太認真呵！還說甚麼呢！」

原來，老媽媽北上搬家，趙東樓也跟着去做買賣。難以搬運的貨物，全都賤賣了。路上運費、生活費，開支無法計算，所以虧損很大。妮子索要也很過分。不幾年，萬兩銀子踢蹬光了。老媽媽見他手頭空了，天天白眼相看。妮子也慢慢在富貴人家過夜，常幾宿不回來。趙東樓氣憤得難以忍耐，可也沒有法子。正當老媽媽外出時，鴉頭從窗子裏呼喚趙東樓到近前來，說：「妓院裏本來沒有情愛，之所以親親熱熱，全是為錢罷了。你戀戀不捨，將會遭受大禍！」趙東樓害了怕，這才如夢初醒。臨走時，偷偷去看鴉頭。鴉頭給了封信讓他捎給王文。趙東樓就回到家鄉來了。

趙東樓將情況給王文講過，拿出鴉頭的信來。信上說：「知道孜兒已經在你身邊了。我遭受的苦難，東樓先生自會詳細告訴。我前世造的孽，有甚麼可說的呢！我在幽室裏，不見天日，鞭子打裂皮膚，飢火燒煎身心，熬過一天，像是過上一年。你要是沒忘在漢口雪夜單被，互相抱着取暖那時情形，就和兒子商量個辦法，必然能解脫我的苦難。母親、姐姐雖然心狠，總是親骨肉，囑咐兒子不要傷害她們，這就是我的願望了。」王文讀着信，不覺淚流滿面。他贈送給趙東樓些錢物，趙東樓就去了。

這時，王孜十八歲了。王文給兒子講了前後經過，給他看了母親的信。王孜氣得眼眶都要瞪裂了，立時去了京城。打聽好吳老媽媽的住處，到了那裏，正是車馬盈門。王孜闖進去，妮子正和湖廣客人喝酒，望見王孜，大吃一驚，趕忙站起，嚇得臉色大變。王孜猛地衝進去，一刀殺死了妮子。客人嚇壞了，以為來了強盜，可是看看妮子屍首，已經變成狐狸。王孜拿着刀，直接進到後院，看見老媽媽正在支使丫環做湯羹。王孜跑近了房門，老媽媽忽然不見了。王孜四面一看，急忙抽箭往屋樑射去，一頭狐狸被箭射透心臟，掉了下來，接着，王孜上前一步，砍下狐狸腦袋。王孜尋找到母親囚所，舉起石頭砸壞房門。母子相見，抱頭大哭。母親問道老娘和姐姐怎樣了，王孜説："已經殺了！"母親埋怨説："孩子，怎麼不聽我的話！"就命王孜去埋葬在郊外。王孜假意應承了，卻剝下狐狸皮收藏起來。又翻檢了老媽媽的箱子、櫃子，取了全部錢財，照應着母親回到家來。

王文夫妻兩口重又相會，又是傷悲又是歡喜。王文問起老媽媽和妮子，王孜説："在我口袋裏。"父親驚問，王孜交出兩張狐皮。母親氣極了，罵道："忤逆！怎能這麼幹！"號啕大哭起來，後悔得捶打自己，痛苦得不想活了。王文竭力安慰鴉頭，又呼叫兒子埋掉狐皮。王孜氣憤地説："剛得個安樂地方，就忘掉捱打的滋味了嗎！"母親更加生氣，痛哭不止。直到王孜埋掉狐皮回來告知，鴉頭才稍微寬心些。

王文自從鴉頭歸來，家業越來越興旺。心裏很感激趙東樓，報答了他大量銀兩。趙東樓這才知道老媽媽家都是狐狸呢。

王孜侍奉老人十分孝順；可是不小心惹着他，他就惡聲吼叫。鴉頭對王文説："兒子有拗筋，不割掉它，終究會惹出人命，弄得傾家蕩產。"夜間，等到王孜睡熟，悄悄捆起他的手腳。王孜醒來說："我沒有罪過！"母親說："要給你治療殘暴，你不要怕。"王孜大聲呼叫，掙扎着解不開繩索。鴉頭用大針刺他的踝骨，刺下三四分深，用力掘斷，崩然有聲；又在肘間、頭頂也做了。完事後，解開繩索，拍着讓他安睡了。到了天明，王孜跑去問候父母，哭泣着說："孩兒半夜想想以前的行為，都不像是人幹的。"父母聽了，十分歡喜。從此以後，王孜溫和得像個大姑娘，鄉親都誇獎他。

狼三則

有個殺豬人賣肉回來，天色已晚。忽然有隻狼來了，瞅着擔着的肉，似乎很嘴饞。殺豬人走，狼也走，這樣跟着走了好幾里。殺豬人害怕了，拿出刀來嚇唬，狼就稍微退後幾步；殺豬人走，狼又跟上來。殺豬人沒法子，心想狼貪圖的是肉，不如暫時掛在樹上，等明天早晨再來取走吧。就用鐵鈎鈎起肉，踮起腳來，掛在樹杈上，然後向狼表明擔子裏空空的了。狼就停下來。殺豬人就直接回家了。第二天，天剛蒙蒙亮，殺豬人去取肉，遠遠看到樹上掛着個大東西，像是人吊死的樣子，真被嚇壞了。猶猶豫豫地走到近前一看，是隻死狼啊。抬頭察看，見到狼嘴裏含着那塊肉，肉鈎子鈎着狼的上顎，像魚吞了釣魚鈎子。這時候，狼皮價錢很貴，能值十多兩銀子。殺豬人賣了狼皮，經濟也寬裕了些。爬上樹去捉魚，是辦不到的事，可是肉掛在樹上，狼想吃肉卻遭了難，也真是可笑呢！

有個殺豬人晚上回家，擔子裏肉賣光了，只剩下骨頭。路上碰上兩隻狼遠遠跟蹤着。殺豬人害怕，扔下根骨頭，一隻狼取了骨頭停下來，另一隻狼仍然跟隨着，又扔下根骨頭，後來的狼停下來，可是先前那隻狼又跟上來了。這樣，骨頭扔光了，兩隻狼又像原先那樣一起在後面跟隨着。殺豬人十分為難，擔心受到兩隻狼前後攻擊。看到坡裏有個打麥場，場主在場裏堆着柴草，蓋着苫子像個小山頭。殺豬人跑過去倚在柴垛上，放下擔子拿起刀來。狼不敢到跟前來，只是瞪着眼睛盯着殺豬人。不多會兒，一隻狼直接走了，另一隻狼像狗般蹲坐在前面，待了好大一陣子，眼似乎閉起來，意態很是閒散。殺豬人猛然跳起，用刀狠劈狼頭，又砍了幾刀將狼砍死。正要走路，轉身看看柴垛後面，那另一隻狼正在挖洞，打算打個暗洞進去，從後面攻擊殺豬人。那狼身子已有一半鑽進洞裏，只露着屁股尾巴了。殺豬人從後面砍斷狼的腿，也殺死了這隻狼。這才明白，前面那隻狼裝睡，是迷惑殺豬人，狼也夠狡猾的了！可是剎那間兩隻狼都被殺死，獸類的騙術也沒多大本事，只是令人感到可笑罷了。

有個殺豬人晚間走路，被狼追逼。路邊上有個夜耕人留下的歇息的草房，殺豬人趕緊跑進去趴在裏邊。狼從牆苫上伸進爪子來，殺豬人急忙抓住狼爪子，不讓牠退出去。可是沒有法子殺死那狼。身上只有把寸八長的小刀，就割下狼爪子的皮，用吹豬的法子吹氣。極力吹着，不多會兒，覺得狼不那麼狠勁掙扎了，才用腰帶捆住爪子。殺豬人鑽出房子一看，那狼渾身鼓漲得像牛一般，四肢直挺挺的，嘴張着合不起來。殺豬人就背着死狼回家了。不是殺豬人，能想出這麼個法子嗎！

三件事都是出在殺豬人身上，殺豬人的本事，也能用來殺狼呢！

鴿異

　　鴿子的品種很多。山西有"坤星"，山東有"鶴秀"，貴州有"腋蝶"，梁州有"翻跳"，杭州有"諸尖"，這都是優良品種。還有甚麼"靴頭"、"點子"、"大白"、"黑石"、"夫妻雀"、"花狗眼"等等，名堂多得很，扳着指頭也數不清，也只有內行人才能分辨得清楚。

　　鄒平地方，有個張公子，名叫幼量，特別喜好鴿子。他按照《鴿子經》上的名堂，到處搜羅，力求把各樣品種全都弄到手。他家豢養鴿子，就像是保育嬰兒，冷了用粉草治療，熱了就餵鹽粒，真是盡心、周到。

　　鴿子有個癖性，就是愛好睡覺，睡得太多了，就會得麻痺症死掉。張公子在揚州花十兩銀子買了一隻鴿子。這隻鴿子，個頭小，愛活動，放在地上，走來走去沒個完，不到走死決不停步。所以，平素日裏就得有人把握着牠，到了夜裏就放進鴿子籠裏，讓牠驚擾別的鴿子，防止得麻痺症。因此，這隻小鴿子就名叫"夜遊"。

齊魯一帶地方，養鴿子的人家，沒有誰能比得上張公子養得又多又好。張公子也以善養鴿子來自我誇耀。

這天晚上，他正在書房靜坐。聽得敲門聲，開門一看，是個穿白衣裳的少年。素不相識。問他是誰，回答說："四處流浪的人，何必説名道姓。從遠方就聽説公子蓄養鴿子最多，這也是我平素所喜好的。這次來，希望能見識見識。"張公子一聽這話，特別高興，立刻命令僕人把鴿子全部展覽出來。嗬！各種花色品種，五光十色分外耀眼，斑斕璀璨如同錦霞。白衣少年微微一笑，説道："人家傳説的果然不假，公子真稱得上是豢養鴿子的專家了。鄙人也攜帶了一兩隻鴿子，公子願意不願意看一看呢？"公子自然樂意，就跟着少年去了。

只見，月色迷朦，面前一片野地，很是荒涼，張公子心裏有些疑惑膽怯。少年指着前面説："請向前走吧，不遠就是我的住處了。"走了幾步，就看見一座道院，院內只有兩間房子。少年拉着張公子的手，走了進去。院落裏光線暗淡，沒有燈火。少年站在院子中間，口裏學鴿子叫聲。忽然，有兩隻鴿子飛了出來：形狀和普通鴿子一樣，可是毛色純白；飛到房簷那麼高，隨鳴叫隨爭鬥，每次相撲，必定要翻筋斗。張公子看得發呆了。少年一揮胳臂，兩隻白鴿並肩飛走了。

白衣少年又撮起嘴唇，打起口哨。又有兩隻鴿子飛了出來：大的像鴨子那麼大；小的才有拳頭般大。兩隻鴿子站立在台階上，學作仙鶴舞蹈。大的伸長脖子，張開翅膀，如同孔雀開屏，旋轉着，鳴叫着，蹦跳着，像在引逗小鴿子。那小的卻是飛上飛下，時時站在大鴿子的頭頂上，撲閃着翅膀如同燕子輕輕落在蒲葉上，聲音細微瑣碎，類似敲擊小鼓；大的卻伸直脖子，一動也不敢動，鳴叫聲越叫越急，聲音變得又像磬聲那麼清脆悅耳。兩隻鴿子，你鳴我叫，互相應和，很是合乎節拍。一會兒，小的又高高飛起，大的又搖擺着引逗小的。看到這裏，張公子高興地鼓起掌來，不住口地誇獎讚歎，感到自家養的鴿子實在是比不上了。他趕忙深深地作了個揖，對少年說："真是太讓人羨慕了。衷心請求您割愛吧，我太喜歡牠們了。無論花多少錢，我都願意！"少年搖了搖頭。張公子又懇求說："鴿子就是我的命，哀求您忍痛割愛吧！"少年思忖了一陣，就喊了聲："去！"這兩隻舞鴿展翅飛走了。少年又學起鴿子叫聲：“咕咕！”只見原先那兩隻白鴿子飛了過來，少年一伸手，鴿子落在手掌上。少年說：“如果您不嫌棄，就送您這兩隻吧！”張公子接到手裏把玩着，只見鴿子的眼睛在月光映照下呈現琥珀色，左右兩眼透明鋥亮，就好像當中沒有間隔一樣，中間的黑眼珠比花椒粒還圓。掀開翅膀看，鴿子肋間晶瑩如同水晶，能看得清五臟六腑。張公子很覺奇異，可是還不滿足，乞求再送給兩隻。少年說：“倒是還有兩個品種，還沒貢獻出來。如今您見了就要，再不敢請您觀賞了！”張公子趕忙請求：“請您再招呼來，讓我飽飽眼福吧！”少年連聲說：“不行了，不行了！”正在兩人爭競的時候，公子家的僕人燃着麻桿來找主人了。公子回頭一看，少年變化成一隻鴿子，有雞那麼大，展開翅膀，沖天飛去。公子再看眼前，院落房舍都消失了，只是有一座小墳頭，兩棵柏樹。公子只好和僕人抱着白鴿子，驚奇地歎息着回了家。

回家以後，又試驗兩隻白鴿，還和原先一樣，非常馴良，又能飛鬥。雖然算不上少年的最優良品種，可已是人世間很稀罕的了。公子對牠們特別珍惜，照顧得格外周全。過了兩年，這對鴿子生了小鴿子，三隻公的，三隻母的。即使是至親好友來求要鴿子，公子也捨不得讓。

有位某公，是公子父親的好友，是個貴官。一天，某公見到公子，就問道："聽說你喜好鴿子，家裏養了多少隻呵？"公子只好應付了幾句，退步下來。回到家中，心裏揣摩着：大概某公也喜好鴿子吧？該當送給他幾隻鴿子，可是送好的又捨不得。再想想：長輩既然有這個要求，不能抹他的面子呀！送給他平常的鴿子應付不過去，只好狠狠心，挑選了兩隻白鴿，裝在精緻的鴿籠裏，派專人送了去。公子心裏想：這樣，某公該滿意了！贈送這麼珍貴的禮品，真勝過上千兩的銀子呢！

過了幾天，公子又去拜見某公。某公待承公子很親切，挺和氣。談天說地，說了一陣子話，壓根兒沒提感謝送鴿子的事。公子再也耐不住了，就直截了當地問："前些日子，派人送來兩隻白鴿子，大人中意不中意呵？"某公咂嗒一下嘴，回答說："嗯！是挺肥美的呢！"張公子一聽，吃了一驚，說："怎麼，已經燉着吃了嗎！"某公說："是呵！"張公子嚇了一跳，埋怨說："那可不是平常鴿子呀！是俗名叫'靼韃'的有名的優良品種啊！"某公又細細回味了一下，說："也沒有吃出甚麼特別的味道來呀！"張公子又是歎息，又是悔恨，告別了某公，喪氣地回家來。

到了夜裏，張公子做了個夢，夢見白衣少年來了。少年非常氣憤，指責説：「我原先以為你非常喜愛鴿子，所以把子子孫孫託付給你。哪裏想到你竟然把這麼珍貴的寶物，隨便贈送給糊塗蟲，讓我的子孫遭受鍋煮油炸的命運。你這裏不是長住的安身之地！如今，我來領着孩子們去了！」説完這話，少年一下子變成鴿子飛起來，公子家養的白鴿子也飛了起來，鳴叫着越來越高，遠遠飛走了！

　　天明以後，公子起身檢查鴿籠，那些白鴿子全都沒有了。張公子十分難過，萬分後悔，下定決心，不再養鴿子了。於是，他把剩下的鴿子，分送給養鴿子的朋友，不幾天，全部分光了。

山市

　　奐山的山市，是淄川縣有名的八景之一。這一景可是很稀罕，往往幾年都出現不了一次。

　　有位孫公子，名叫禹年。這一天，他正和幾位要好的朋友在樓上飲酒歡宴。忽然看見奐山的山頭之上，聳立起一座佛塔，高高地直插青天。在座的人，你看我，我看你，很覺驚奇，心裏在想：這一帶地方沒有這樣的寺院呵！不多會兒，又看見出現了幾十座宮殿，碧綠色的琉璃瓦，高聳飛翹的房簷，宏偉壯觀。呵！這才明白：是出現了山市了！

　　刹那之間，已經變幻成又高又厚的城牆，城上有一個個的牆垛子。城牆逶迤蜿蜒，長達六七里，居然是個大城市哩！城池之中，有的像是層層高樓，有的是肅穆的殿堂，又或是矗立的牌坊，成千上萬個，清清楚楚呈現眼前，數也數不清。

突然，大風颳起，只見塵土飛天，城市隱隱約約的，看不太清楚了。

接着，風停了，天晴了，剛才看到的一切，全都消失了。只有孤獨的一座高樓，挺立着連接雲霄。每層都有五個窗口看到的天空呵！大夥指劃着一層層地數點：樓高一層，亮點就越小；數到第八層，亮點就如同星星那麼一點了；再往上數，就縹縹緲緲暗淡無光，沒法查算是多少層了。還看到樓上有人，來來往往，有的依在窗口，有的站在一旁，都不一個樣子。

待了一陣子，高樓逐漸低矮下來，能夠看見樓頂了；又慢慢地像是平常的樓房了；又漸漸地像是座高房子了；猛然間，只像拳頭那麼大，跟着像豆粒那樣逐漸隱沒，看不見了。

還曾經聽說，有起早趕路的人，看見山頂上面有商店集市，人煙興盛，熙熙攘攘，非常熱鬧，和人世間一模一樣，所以又稱之為“鬼市”。

局　詐

第一個故事

　　有個御史的家人，這天正在集市上閒站，忽然，有一個人，穿戴很是華麗，走近前來，和他攀談。那人問道這個家人的主人姓字名誰，是個甚麼官銜。家人就一五一十地告訴給他。那個人自個兒介紹道："我姓王，是公主家的親信。"兩人越談越起勁，姓王的就說："官路兇險，做大官的都投靠皇親，不知道你家主人投靠的哪一家子呵？"這個家人說："沒有呵！"王姓說："這就是捨不得小錢，卻忘記大災禍的呢！"這家人問："那麼，投靠甚麼人才能保險呢？"王姓說："俺們公主待人以禮，能夠保護人！某侍郎就是我引薦的。你家主人要是能捨得千數兩銀子的見面禮，見上公主也不是難事。"家人很高興，就問姓王的住在哪裏。王姓指着家門說："咱們住在一條胡同裏，你還不知道呵！"

這個家人回家，稟報了侍御。侍御一聽，很是高興，準備好了豐盛宴席，派家人去邀請那姓王的人。王姓很痛快地來了。宴席中間，王姓就說起公主的性情和日常瑣事，十分詳細，並且說："要不是同住一條胡同的情分，就是送我一百兩銀子，我也不給你跑這個腿呢！"御史越發感激道謝。臨別時，訂下約定，王姓說："你準備好禮品就是了！我趁空就稟報公主，早晚就有好消息呵！"

過了幾天，王姓騎着高頭大馬來了。他對御史說："趕快穿戴整齊，帶上禮物，跟我去拜見！公主實在太忙了，求見的人一個接一個，從早到晚，總不得閒。這一霎剛好有點閒空，我們得趕緊快走，誤了這個時辰，要想見面就不知道得等到哪一天了！"御史帶上見面的禮物和金銀財寶，隨着王姓去了。拐彎抹角，走了十多里路，才到了公主的宅第。御史下了馬，在門外等候；王姓帶着見面禮進府稟報。

等了好大工夫，王姓才出門來，宣告："公主召見某御史！"接着就有人一個個地接連傳呼着。御史弓背彎腰緊邁小步走進去。只見高堂上坐着一位貴婦人，姿態容貌，亞賽天仙，穿着服飾，華麗鮮亮；兩旁宮女，花簇錦繡，排列兩行。御史跪拜叩頭，行過大禮。公主傳令，在簷下賜坐，金碗送來香茶。公主問道了一兩言，誇獎了幾句話，然後，御史肅靜地退了下來。接着，內裏又傳出賜給的東西，有錦緞朝靴、貂皮帽子。御史又趕快謝了恩。

回到家裏，御史十分感激王姓，帶着名片，親自登門去道謝。到了門口，只見大門緊緊關閉，沒有人在。大概是伺候公主還沒回來吧！三天去了三趟，始終也不見人。派人到公主府上去問問吧，那裏也緊緊關着大門。問問鄰居，他們說：“這宅子從來也沒有住過甚麼公主。前幾天有幾個人租住着，如今已經走了三天了！”差人回來報告，御史和家人非常喪氣，只好自認倒霉罷了。

第二個故事

有位副將軍，帶着大批的銀子，進了京城，想謀劃升成正將軍，待了不少日子了，還沒找到門路，很是發愁。

這一天，來了一位客人，這人身穿皮袍，跨着駿馬，自稱他的大舅子是皇帝身邊的侍奉。僕人獻上茶後，這人就低聲對副將軍說：「現在有個某地的將軍職位空缺，倘若您捨得多花點銀子，我告訴內兄，讓他在皇上面前吹噓一番，這個將軍的缺，你就能補上去，別人再有力量也奪不走這個美差。」副將軍懷疑這人說話玄虛。那人說：「這事您也不用猶豫，我不過是想在內兄那裏抽個小份子，一文錢也不想拿將軍您的。我們商量定了多少銀子，立個文書當憑證。等到皇上召見許了官以後，再將銀子兌現；要是辦不成，銀子照舊是你的，誰還能從你懷裏硬搶了走嗎！」

副將軍聽他這麼一說，才放了心，高興地答應下來。

第二天，那人又到客店裏來，領着副將軍去拜見他那內兄。

那人的內兄說是姓田，家裏很是闊氣，像個公侯之家。副將軍參拜，姓田的很傲氣，對副將軍似乎也不放在眼裏。引見人拿了寫好的文書，對副將軍說：「剛才和內兄商量，要辦成這件事，非得一萬兩銀子不可。請您簽上名字吧！」副將軍答應下來，簽上姓名。

姓田的說：「現時的人，心眼太不好，恐怕事情辦成後，就不認賬了！」引見人趕忙賠笑說：「老兄太過慮了。既然有本事許給他官職，還沒有能耐把官職再給他抹掉嗎！何況朝廷裏的文武大官，想和我們攀扯交情還高攀不上呢！這位將軍前程無量，絕不會那麼喪良心呵！"副將軍也急忙表白心意，指天起誓，決不忘記大恩大德。引見人送出門來，說："三天之內就給你個確信！"

過了兩天，這天太陽剛剛落山，有幾個官差吼叫着跑進門來，說："皇上正坐殿等你進見呢！"副將軍嚇了一大跳，急忙跟着進了皇宮。

只見皇上坐在金鑾寶殿的龍椅上，文武大臣，侍衛人員兩旁肅立。副將軍戰戰兢兢，急忙三跪九叩，呼萬歲，行大禮。

皇上命令賜坐，慰問了幾句話。對兩旁大臣說："聽說副將軍英勇善戰，今日一見，真是個將軍之材呀！"又對副將軍說："那地方是個險要之地，如今委派你當將軍去鎮守，千萬不要辜負寡人的一番心意呀！過幾天就下旨正式委任你了！"

副將軍謝過皇恩，出了皇宮。引見人就跟着來到客店，按照文書約定，把銀子交付清楚。引見人告別辭去。

從這起，副將軍心花怒放，趾高氣揚，就等着領將軍印，整日裏拜親訪友，向人們誇耀。

過了幾天，忽然聽得消息，說是那個將軍的缺已經有人補上了。

副將軍很是惱火，直接跑到兵部大堂質問：「我是皇上親口御封的那地方的將軍，你們怎麼竟敢許給別的人！」

兵部長官很奇怪，就問是怎麼回事。副將軍就把皇上親口許官的經過說了一遍。兵部一聽，這簡直是在做夢，非常生氣，命令把副將軍押在監獄裏。這時候，副將軍才供出引見者的姓名，可是，朝廷裏並沒有這個人呵！

副將軍又花費了萬兩銀子，才弄了個撤銷職務的處分，回家去了。

這樁事真是怪呵！武將軍雖然是個傻蛋，難道朝廷能是假的嗎？可能這事當中有戲法魔術，是平常說的那種不拿刀槍的大騙子幹的吧！

第三個故事

嘉祥縣有個李生，很擅長彈琴。有一天，去東郊遊玩，見到工人挖土挖出隻古琴來，就花很少的錢買了下來。回到家裏，把琴擦抹乾淨，琴身閃射出奇異的色澤；裝上琴弦，彈奏曲子，音調非常清烈。李生高興極了，如同得到珍貴的和氏之璧，繡了隻錦囊把琴裝起來，放在密室裏珍藏好，就是至親好友，也捨不得拿出來給看看。

縣裏新到任的副縣令，姓程，前來拜見李生。李生一向很孤僻，平素很少交接友人，因為這位程副縣令先來拜見，不得不去回拜。過了幾天，程令又派人來請李生去喝酒；李生怎麼推辭也辭不掉，只好去赴宴。這程令為人風流文雅，言談俊逸瀟灑，李生很是喜歡他。過了一天，李生寫了請帖回請程縣令，宴席之上，兩人越談越投心合意，你歡我笑非常融洽。從此，無論是夜晚賞月，清晨觀花，兩個人是沒有不在一塊的。

過了一年多，在副縣令的官衙裏，李生偶然發現矮几上放着隻裹着錦囊的琴。李生就啟開錦囊，彈撥了幾下。程令問：“你也喜歡彈琴嗎？”李生說：“是我平素最喜好的！”程令驚訝地說：“我們交朋友不是一天了，你有高超的技藝怎麼不早告訴我呢？”於是，撥平銅爐裏的灰燼，點燃起沉香木，請求李生彈奏。李生盤膝坐下，認真地彈奏了一支樂曲。程令聽完，稱讚說：“真是大才高手！我的水平很低，也彈一曲，作為答謝，可別笑話我獻醜呵！”於是，彈奏起《御風曲》來。那琴音如同輕風習習，飄然飛揚，真有超脫世俗、升仙而去的韻味！李生聽後，傾心羨慕，願意拜程令為師，跟他學琴。自從這天起，兩人又成了琴友，交情越來越真摯深厚。只一年多，程令就把自己的本事，全部傳給李生了。可是，程令每次到李生家來，李生總是拿平常的琴供他彈奏，從不肯拿出自己收藏的那隻珍貴古琴。

一個夜晚，兩人都喝得略微有些醉意了。程令說：“我最近新演習了一支曲子，你願不願意聽聽呢？”李生表示非常願聽。程令就彈奏起《湘妃怨》來。只聽得琴音幽怨低沉，如泣如訴，使人心酸欲淚！李生深受感動，鼓掌叫好！程令卻歎息說：“只恨沒有上好的琴呵，要是有優良的琴，音調要比這更為動聽！”李生很痛快地說：“我收藏着一隻古琴，和一般的琴大不相同。如今遇見你這樣像鍾子期般的知音，哪敢再收藏着不貢獻出來呢！”於是，進到內室，打開箱櫃，啟開錦囊，捧出古琴來。程令用大襟擦抹掉灰塵，坐在几前，又重新彈奏那支曲子，真是節奏強弱分明，抑揚動聽，功夫絕妙，引人入勝。李生聽得入迷，不禁手打拍子，閉目欣賞。程令奏完曲子，站起身來，帶着歉意：“我這樣淺薄的技藝，太辜負這麼好的古琴了！要是讓我內人來彈奏，還能有一兩聲可以中聽的！”李生驚奇地問：“尊夫人也很善於彈琴嗎？”程令笑了笑，說：“不瞞你說，剛才彈奏的曲子，就是從內人那裏學來的。”李生感歎說：“可惜在閨房之內，我是沒有福分能聽得到了！”程令說：“我們這麼深厚的交情，原是不受世俗之禮約束的。到明天，請你帶着琴到我家去，一定讓內人隔着簾子給你彈奏！”李生特別高興，連聲道謝。

第二天，李生抱着古琴來到程家。程家馬上擺好宴席，兩人飲酒談笑。一會兒，程令抱着那隻古琴進了內室，轉身又走出來，仍然坐席飲酒。接着，看到通內室的門簾裏面隱隱約約有個身穿艷麗服裝的女人落座，不大會兒，濃郁的香氣流到簾外來。稍待了一陣，弦聲輕輕響起來；李生也聽不懂彈的是甚麼曲子，只覺得心猿意馬，使人魂飛神馳！曲子奏完，便有人稍微撥開點簾子，往外窺探客人，竟然是個二十多歲極為漂亮的女子呢！程令又讓換上大酒杯，一杯杯地勸說李生乾杯。這陣兒，簾子裏又調整了琴弦，奏起《閒情之賦》，李生聽着，更覺意動神搖，心神迷茫。李生喝了一杯又一杯，不覺間真的醉了，支撐着站起身來，要告辭離別，帶琴回去。程令說：“你喝得略多了點，路上不大方便，得防備跌着碰着，還是不帶琴走吧！明天請你再到我家來，定讓內人把她彈琴的本領全部貢獻出來！"李生被僕人攙扶着，跟跟蹌蹌回家去了。

　　第二天，李生又去程家。一到門前就愣住了，程家空落落的沒有動靜，只有一個老差人在看守大門。李生就問："你家主人在哪裏？"老僕人說："早五更頭裏，帶着家眷走了，不知道幹甚麼去了。留下話說是大概三天就能回來。"沒有辦法，李生只好回家。過了三天，李生又去程家，直等到日頭落山，還是沒有音信。縣衙的官吏和差人也都疑惑起來，稟告了縣令，打開房門去看，只見各個房間都是空空的，僅剩下案几椅子和空牀！人們報告給上面的官兒，誰也弄不明白這是甚麼緣故。

　　李生丟了心愛的古琴，飯也吃不下，覺也睡不好。想來想去，下決心到千里之外程令的老家去查訪。據說那程副縣令是湖南人，在三年前捐錢買官，被任命為嘉祥縣副縣令。李生跋山涉水，經歷了千辛萬苦，總算到了湖南。說着程令的姓名，問到他說的住地，當地人都說沒有這麼個當官的人。有人揣度着說："倒是有個程道士，喜好彈琴奏曲，還傳說他會點石成金的法術。三年前離開這裏，就再也沒人見到過他。"大夥兒懷疑程令就是程道士吧！李生又詳細問詢那道士的年齡、相貌，確實樣樣與程令相符。這才明白,程道士花錢買官,全是為着騙取李生的古琴呵!仔細想想,程道士和李生交朋友一年多,根本不談音樂的事兒,漸漸讓李生知道他會彈琴,接着又教李生彈琴,然後又以美人彈琴迷惑李生;慢慢用了三年的軟功夫,最後穩穩當當地騙走古琴。看來,這道士對古琴的愛好,比李生還更加厲害呢!天底下的騙人花樣非常多,像道士這樣的做法,可算得上是騙局之中很文明風雅的呢!

司文郎

平陽府有個王平子，到順天府應試，在報國寺賃房住下。寺裏有個餘杭生先在，王生因為是鄰居，前去拜望了。餘杭生卻不回訪，早晚遇見，也很不禮貌。王生氣憤那人狂妄傲慢，就斷絕了交往。一天，有個少年來寺裏遊逛，穿着白衣白帽，看上去身材魁梧。王生走近和他交談，其人話語詼諧精妙，王生心裏很是敬愛。問他是哪裏人，說是："登州姓宋。"王生就讓僕人安下座位，兩人對面坐着談笑。餘杭生正走過來，兩人起來讓座。餘杭生居然坐在上座，很不謙遜，直截了當問宋生："你也是來應考的嗎？"宋生回答說："不是。才分平庸，早就無志上進了。"又問："哪省人？"宋生又告知了。餘杭生說："居然不想應考，足見有自知之明。山東、山西沒有通曉文章的人。"宋生說:"北方人固然少有通曉文章的,但不通的未必是我。南方人固然通曉文章的多,可是通的也未必是你。"說完,拍起巴掌,王生附合着,因而哄堂大笑。餘杭生又慚愧又氣惱,揚起眉毛,捋起袖子,大聲說:"敢立刻出題比較比較文章嗎?"宋生連正眼也不瞧,微笑說:"有甚麼不敢的!"就到房裏拿出經書交給王生。王生隨手一翻,指着書說:"闕黨童子將命。"餘杭生站起,要取筆紙。宋生拉住說:"嘴說就行了。我的破題已有了:'於賓客往來之地,而見一無所知之人焉。'"王生笑得肚子痛。餘杭生生氣說:"不能作文章,只是罵人,算甚麼人呵!"王生極力勸解,請另出題目。又翻書一看,是:"殷有三仁焉。"宋生立即應聲說:"三子者不同道,其趨一也。夫一者何也?曰:仁也。君子亦仁而已矣,何必同?"餘杭生聽了就不作文了,起身說:"這人還有點小才分罷了!"就走了。

王生因為這件事,更加敬重宋生。邀請進房,暢談多時,拿出自己作的全部文章請教宋生。宋生瀏覽極快,一會就看完百篇,說:"你對文章還是深有研究的。可是在下筆時沒有必中的念頭,而是還存在僥倖心理,就這已經落入下等了。"就拿起看過的文章一一詳細解說。王生聽了很是高興，把宋生當老師待承。王生讓廚師做了蔗糖水餃。宋生吃着很香甜，說：「平生沒有嚐到這麼好的味道，煩請以後再做一次。」從此兩人相處得很愉快。

宋生三五天就來一次，王生一定請他吃水餃。餘杭生有時也遇見，雖然不大交談，可是那傲氣卻大大減少了。一天，餘杭生拿了篇自己作的文章給宋生看。宋生看到他的朋友們在上面圈點讚賞得很稠密，看了一遍，推置在案頭，不發一言。餘杭生疑心他沒看，又請他看。回答說看完了。餘杭生又疑心他沒看懂。宋生說：「這有甚麼難懂的？只是不好罷了！」餘杭生說：「只看了一下評讚，怎麼知道不好呢？」宋生就背誦那篇文章，像是讀熟了似的，一邊背誦，一邊批評。餘杭生坐立不安，渾身淌汗，沒有說甚麼，就走了。過了一會兒，宋生走了。餘杭生又來，堅持請求看看王生的文章，王生拒絕。餘杭生硬是搜取出來，看見上面很多圈點，笑着說：「這很像是水餃呢！」王生原本樸實口拙，紅紅臉算了。第二天，宋生來了，王生詳細告訴他昨天的情況。宋生生氣地說：「我以為『南人不復反矣』。這個傢伙怎麼敢這樣。必當報復他一下！」王生竭力用做人不可輕薄的道理勸說，宋生很是感動，深為佩服。

考試結束後，王生將作的文章給宋生看，宋生很是稱讚。兩人偶而到各殿遊覽，看到一個瞎眼和尚坐在廊下，看病賣藥。宋生驚奇地說：「這是個奇人！他最懂文章了，不能不請教一下。」就讓王生回房間取文章。王生路上遇見餘杭生，兩人就一起來了。王生對和尚稱師參拜。和尚以為是看病的，就問甚麼症候。王生說了有文章求教的意思。和尚笑了，說：「是誰多嘴啊，我沒眼睛怎麼評論文章！」王生提出唸給他聽。和尚說：「三篇文章兩千多字，哪裏有閒空聽這麼長！不如燒了，我用鼻子看看吧！」王生聽從了。燒掉文章，和尚聞了聞，點點頭說：「你模仿名家文章，雖然還不到家，已經近似了。我剛才用脾接受了。」問：「這文章能中試不能？」說：「也中得！」餘杭生不很相信，先拿古文名家的文章燒掉試試他。和尚聞後說：「這文章太妙了！要不是歸有光、胡友信那樣的大家，誰能寫到這麼高的水平！」餘杭生很是吃驚，這才燒掉自己的文章。和尚說：「剛才領受一篇文章，沒有欣賞完全篇，怎麼忽然又換了一個人的來呢？」餘杭生假託說：「那是朋友的作品，只那麼一首；這篇是我作的。」和尚聞了聞餘灰，嗆得咳嗽幾聲，說：「別再燒了。格格棱棱嚥不下去，硬在膈裏接受下，再燒就要嘔吐出來了。」餘杭生滿面羞慚，退了下去。

　　過了幾天放榜，餘杭生竟然中了舉人，王生卻落榜了。宋生和王生一道去告訴了和尚。和尚歎氣說：「我雖眼瞎，但鼻子不瞎；考官連鼻子也瞎了！」一會兒，餘杭生來到，得意洋洋，說：「瞎和尚，你也吃了人家的水餃了嗎！如今怎麼樣呢！」和尚笑了，說：「我評論的是文章，沒有打算和你討論命運。你試去找來考官的文章，每人取他一篇燒掉，我便知道誰是你的門師。」餘杭生和王生一起尋找，只找到七八個考官的文章。餘杭生說：「要是錯了，怎麼罰你？」和尚說：「剜我的瞎眼去！」餘杭生就燒文章。燒一篇不是，燒二篇不是，燒到了第六篇，和尚忽然對着牆大聲嘔吐起來，嘭嘭放屁響雷一般。大家哈哈大笑。和尚擦擦眼睛，對餘杭生說：「這真是你的老師呵！開頭不知道就猛地聞了一下，刺了鼻子，扎了肚子，膀胱也不收留，直從下面放出去了。」餘杭生氣極了，隨走隨發恨說：「明天見分曉，你別後悔，別後悔！」過了兩三天，餘杭生竟然沒到，原來已經搬走了。這才知道，餘杭生就是那個考官的門生呢！

　　宋生安慰王生說：「我們這樣的讀書人，不應怨恨別人，只應嚴格自己。不怨恨別人，品德就更加廣大；能嚴格自己，學問就越有長進。眼下不得志，自然是命運不佳。可平心而論，文章也不見得很高超，從此更加鑽研，天下自然會有不瞎的人呵！"王生聽到這番議論，肅然起敬。又聽到明年還要舉行鄉試，就不回家鄉，住在寺裏，好向宋生領教。宋生說："都城裏柴米很貴，你不用擔心錢財不夠花費。房子後面有窖藏的銀子，可以挖出來使用。"就指給他藏銀的地方。王生推辭說："以前寶儀和范仲淹雖然貧窮，遇到外財卻不取用，如今我幸而還能自己維持，敢貪財玷污自己嗎！"

　　一天，王生喝醉酒睡着了，他的僕人和廚師偷偷去將銀窖挖開。王生剛剛睡醒，聽到房後有聲，出來一看，見到地上堆滿銀子。事情被發覺，情節又很明顯，僕人和廚師嚇得趴在地上請罪。王生在訓斥他們的時候，發現有銅爵杯，像是刻有款識，拿起來仔細看看，上面卻是他爺爺的名字。原來王生的爺爺曾做過南京的部郎，進京住在這裏，得了急病死去，這些銀子就是他遺留下的。王生這才高興了，稱過後共有銀子八百多兩。第二天，告訴了宋生，並給他看了爵杯，想和他平分銀子，宋生再三推辭，才算了。王生拿着一百兩銀子去送給瞎和尚，和尚已經走了。接連幾個月，王生更加刻苦地勤奮讀書。到了考期，宋生説："這次你要是再不中考，才真是命運了！"

接着，王生卻因為犯規，被取消了考試資格。王生還沒說甚麼，宋生卻大哭起來，不能自止。王生反而對宋生安慰勸解。宋生説："我得罪了老天爺，一輩子也沒能考上去，如今又連累到好朋友你！真是命呵，真是命呵！"王生説："萬事當然都命中注定了，可你是不想考試，不是命的原故！"宋生擦掉眼淚説："早就想説，怕你驚怪。我不是活人，是到處飄泊的遊魂！從小就有才子之名，可在考場終不得志。任性放蕩，來到京城，盼望尋個知己傳播我的文章。甲申那年，死在事變之中，年年到處流離飄零。承蒙你當個朋友，所以極力勉勵你進取，平生沒能實現的願望，想借着你中了舉能痛快高興一下。如今文章的命運竟然這麼不幸，哪還能心裏不難過呢！"王生也感動得流下淚水，就問："你怎麼老是滯留在這裏！"宋生説："去年天帝下命令，委派宣聖和閻王查核遭難的鬼魂，優秀人才留在各官府做事，劣等的就投胎轉生。我的名字已經記錄在案，沒有去報到，只是想看到你能中舉，好高興一番啊！如今要告別了。"王生問："你考的甚麼差使！"説："梓潼府裏缺個司文郎，臨時叫個耳聾童子代理，文運全給弄顛倒了。萬一我得了這個差使，一定要昌明文教。"

　　第二天，宋生高高興興地來了，說："願望實現了！宣聖叫我作篇《性道論》，看過很喜歡，說可以當司文郎。閻王查過簿子，想拿有言論失誤的罪名來反對。宣聖力爭，我才當得上。我拜謝以後，宣聖又叫我到桌子近前，囑咐說：'如今是為憐惜你的才氣，選拔你擔任這樣高尚重要的官職。應當改過自新，做好工作，別再犯以前的毛病。'從這可以知道，陰世間看重品德更重於看重文章呵！你必定是德行還不夠，今後只要多做好事別鬆懈就行了。"王生說："要真是這樣，那麼餘杭生的德行在哪裏！"回答說："這可不知道。反正陰世官府賞罰都一點不差的。就拿日前那個瞎和尚說吧，他也是個鬼，是前個朝代的名家，因為生前拋棄字紙太多了，才罰成瞎子。他自己要給病人解除痛苦，來贖先前的罪過，所以假託賣藥，遊歷在集上。"王生叫人辦酒宴。宋生說："不用了。整年麻煩你，如今就這一次了，再給我做頓水餃就夠了！"王生傷心難過，吃不下去，坐在一邊，讓宋生自己吃餃子。一會兒，就吃光了三碗，宋生捧着肚子說："這一頓能飽三天，我用這來記住你的好處呢！從前吃的餃子都在房子後面，已經變化成蘑菇。收藏起來當藥吃，可以增添小兒的聰明。"王生問到以後見面的日期，宋生說：
"既然有了官職，就該躲避嫌疑了！"又問："到梓潼祠裏
去奠酒禱告，你能夠知道嗎！"回答說："這都沒好處！
九天很遠，只要你潔身自好，自然會有陰間地方官員寫呈
文報告，我一定也會知道的。"說完，告別，轉眼不見了。

王生到房後查看，果然長了許多紫色蘑菇，就全摘
下，收藏起來。旁邊有個新土堆，挖開看看，像是吃過的
水餃還在那裏。王生回到家裏，更加刻苦學習，嚴格要求
自己。一天夜裏，王生夢見宋生坐着官轎來到，說："你
以前因為生點小氣，誤殺了個丫環，給取消了舉人資格。
如今誠意修德，已抵消了罪過。可是你的命薄，不能夠做
官呵！"這年，王生在鄉試考中，過了一年又在春試考中，
聽了宋生的話，就不去做官了。生了兩個兒子，有一個很
愚笨，給他吃了紫蘑菇，就變得很聰明了。

後來，王生有事去了金陵，在旅店裏遇到餘杭生，餘
杭生極力述說多年沒見很是想念的心情，表現得很謙遜，
可是兩鬢已經斑白了。

大 鼠

　　明朝萬曆年間，皇宮裏有老鼠，頭有貓那麼大，很是禍害。遍求民間能撲鼠的好貓來捕制，那些貓卻往往叫老鼠吃了。正巧，外國來進貢了隻獅子貓，毛白得像雪花。宮人抱着貓投放在有老鼠的房裏，關上房門，偷偷觀察。那獅子貓蹲着待了好久，老鼠遲遲疑疑地從洞裏出來，一看見貓，就氣沟沟地向貓衝過來。貓卻避開跳上案几，老鼠也追上案几，貓卻又跳到地上。這樣來來回回，不下百十次。大夥兒都説這獅貓膽怯，以為是個無能耐的貨色。不大會兒，老鼠跳上蹦下得漸漸慢了，大肚子也似乎咈咈喘氣，蹲到地上稍作休息。只見那獅子貓猛然跳下來，伸爪擒住老鼠頂毛，張口就咬牠的腦袋。老鼠掙扎，貓鼠翻覆爭鬥着，獅貓聲嗚嗚，老鼠聲吱吱。人們打開門來趕忙觀看，那老鼠的頭已被獅貓咬碎了。這才知道，貓先前躲閃，不是膽怯，只是等待老鼠疲勞！這是用智謀呢！嗯！匹夫按劍只是靠拚命，和老鼠有甚麼兩樣！

席方平

席方平，東安縣人。他父親名字叫廉，性情憨厚剛直，和村裏的富戶羊某結下怨仇。羊某先死去了。過了幾年，席廉得病，快要死時，對人說：“羊某如今賄賂了陰間的官吏拷打我！”一會兒，便全身紅腫，號叫了一陣，就死了。席方平痛心難過，飯也不吃，說：“我父親為人老實，不會說不會道，如今受到惡鬼欺侮，我要去陰間代父伸冤呵！”從這，話也不再說，時而坐着，時而站着，樣子像傻子，原來，他的靈魂已經離身而去了。

席方平恍惚覺得剛出大門，不知道該往哪裏走，只見路上有走道的人，便打聽去城裏的路。走了不多會兒，便進了城。他父親已經關進監獄了。到了監獄門口，遠遠看見父親躺臥在房簷底下，樣子很是狼狽。父親抬頭看見兒子，淚水嘩地流下來，便說："獄官全都受了賄賂囑託，日夜拷打，兩腿傷得太厲害了！"席方平十分氣惱，大罵獄官："我父親要是有罪，自有王法處置。難道任憑你們這些死鬼為非作歹嗎！"於是，出了監獄，拿出筆來，寫好了狀子。正當城隍早上坐堂問案，席方平呼叫冤枉，將狀子呈遞上去。

聽說席方平告狀，羊某害了怕，拿出大把銀子，將縣衙門裏裏外外的官吏差人，全都賄賂遍了，這才對質聽審。城隍說"事出有因，查無實據"，很不以為席家有理。席方平滿腹怨恨，無處申訴，在陰間走了一百多里，到了郡城。他把縣衙官吏差役接受賄賂、徇私舞弊的情況，稟告給郡司。拖了半個月，才得到審理。哪知道，郡司打了席方平一頓板子，仍舊批回城隍覆審。

席方平又回到縣衙門，受盡了各種刑罰，慘冤難以自舒。城隍擔心席方平再去告狀，派上差人押送回家。差人到了席家大門口就返回去了。席方平不肯進門，偷偷地跑到閻王殿控告郡司、城隍貪贓枉法、殘害良民。閻王立刻傳令拘拿有關人犯前來對質。

郡司和城隍聽說席方平在閻王那裏告了狀，趕忙秘密派了心腹人前來說合，許給席方平一千兩銀子，只要不再告狀，事情就算了結。席方平氣得要命，根本不理他這一套。

過了幾天，客店主人告訴席方平說：「你意氣用事，太過分了。官府前來請求和解，你卻執意不肯依從。如今聽說郡司、城隍都給閻王送上信件去了，恐怕你的事要糟糕！」席方平以為那是道聽途說，還不很相信。

不久，有黑衣差人來傳喚席方平。上了大堂，席方平看到閻王滿臉怒氣。不容分說，閻王就下令打二十大板。席方平厲聲問：「我有甚麼罪？」閻王卻把頭一扭，裝沒聽見。席方平捱着板子，喊叫着：「該打，該打！誰叫我沒有錢呢！」閻王越發生氣，命令燒火牀。兩個小鬼上來，將席方平揪出殿去，只見殿東平台上有張鐵牀，下面火着得呼呼的，牀面燒得通紅。小鬼脫去席方平的衣裳，將他硬按在鐵牀上，反覆揉搓。席方平痛極了，皮肉全給烙焦，卻苦於不能死去。約莫有一個時辰，小鬼說：「行了。」就把他扶起來，催他下牀，穿上衣裳。席方平一瘸一顛地，又回到大殿上去。閻王問：「還敢再告狀嗎？」席方平說：「大冤沒伸，寸心不死！要說不再告狀，那是欺騙大王。這狀是非告不可！」閻王又問：「告甚麼？」席方平說：「親身受到的，全都說出來！」閻王氣壞了，命令用鋸把他給鋸了，兩個小鬼又拉下席方平去。只見有根八九尺長的木柱子立在地上，旁邊擺着兩塊木板，上面凝結着斑斑血痕。小鬼剛要綁他，忽聽殿上大聲呼喚席方平。兩個小鬼就又將席方平押回去。閻王又問："還敢不敢告狀？"席方平回答説："一定要告！"閻王下令："捉下去，快鋸！"下得殿來，小鬼就用兩塊木板夾起席方平，綁在柱子上，剛一下鋸，席方平覺得頭蓋骨漸漸裂開來，痛得鑽心，可也咬牙忍着，一聲不號。聽得小鬼説："真是個硬漢子呵！"鋸聲隆隆響着，一會兒鋸到胸口了。聽到一個小鬼説："這是個大孝子，沒有罪過。鋸稍偏點吧，別傷了他的心。"席方平就覺得鋸鋒彎曲着鋸下去，痛得加倍厲害。一會兒，半個身子鋸開了，木板一解開，兩片身子都跌在地上。小鬼上殿，大聲回報了。殿上傳呼，命令合起身子來見。兩個小鬼就推着兩片身子又合起來，拉着他走。席方平覺得中間一條鋸縫痛得要再裂開，剛走半步，疼得摔倒了。一個小鬼從腰裏掏出一條絲帶，遞給席方平，説："送你這條帶子束腰，報答你的孝行！"接過帶子，束在腰裏，一點也不疼了，反覺全身更加健壯。又上殿跪下。閻王又像先前那樣問。席方平恐怕再受酷刑，就回答説："不告了！"閻王立即命令將他送還陽界。鬼差領他出了北門，指給他回家的道路，回身就走了。席方平心想，陰間的黑暗，比陽間還厲害，怎奈沒有法子告到天帝那裏去。人間傳說灌口二郎是天帝有功的親戚，是個聰明正直的神，將冤屈向他申訴，該當靈驗罷。暗自高興好在那兩個鬼差已經回去了，於是轉身向南跑去。

正在跑的時候，那兩個鬼差追上來了，說：「閻王疑心你不回家，果然是這樣！」揪着席方平回去，又見了閻王。席方平心想，這一抓回來，閻王會更生氣，禍害必定更慘。可是，閻王一點也沒有嚴厲的顏色，卻對席方平說：「你的心意實是孝心，不過你父親的冤屈，我已經給他昭雪了。如今已轉生富貴人家，哪還用你給他鳴冤叫屈啊！現在送你回去，賞給你萬貫家財、百年陽壽，你該滿足了吧！」就注在生死簿上，蓋上大印，讓席方平親自看了。席方平表示感謝，走下殿去。

兩個小鬼和席方平一道出城，到了路上，趕着讓他快走，還罵道：「奸滑傢伙！一次次地翻覆，叫別人也跟着跑路，累得要死！再要搗亂，非把你捉進大磨裏研成粉末不可。」席方平瞪起眼來斥責說：「小鬼，你想幹甚麼？我的脾氣耐得住刀鋸，就是不耐煩捶打！咱們回去見閻王，閻王要是讓我自己回去，也不用麻煩你們送行了！」

說完，扭身就往回跑。兩個小鬼害了怕，說了些客氣話，才勸住席方平。席方平故意慢騰騰走路，走上幾步，就在路旁歇息，兩個小鬼只有乾生氣，不敢再說甚麼。

走了半天路，來到一個村子，有一家半開着門，小鬼領着席方平一塊坐下，席方平就坐在門檻上。兩個小鬼乘席方平不防備，使勁一推，將他推到門裏。席方平吃了一驚，定心一看，自己已經成了個嬰兒了，氣憤得不吃奶，只是一勁地哭叫。這樣，三天就死了。

席方平的靈魂動盪不安，沒忘去灌口，約莫跑了十里地，忽然看見有五彩羽毛裝飾的車子走來，旗幡木戟遮住道路。席方平想跑過去躲避，卻闖了儀仗隊，被開路的前馬抓住，捆起來送到車前。席方平抬起頭來，看見車裏有個少年，儀表雄偉，風采不凡。少年問席方平是甚麼人。席方平滿腹冤屈正無處申訴，猜想來人必定是個大官，或許能使用權力為自己作主，就詳細述說了遭受的苦難。車裏人命令給他解了綁，讓他隨車走路。

一會兒，來到一個地方，官府十多名官員，在道旁迎拜，車中人問過了每個官員。接着，指着席方平，對一個官員說：“這是個下界人，正想去找你訴說冤屈，應該馬上給他裁決！”席方平問了下隨從人員，才知道車上人就是天帝的九王子，他囑咐的就是二郎神呢。看看二郎神，細高個子，滿臉鬍鬚，不像世間傳說的模樣。

九王子去後，席方平跟着二郎神到了個衙門，只見他父親和羊某，還有衙役們都在那裏。不多會兒，來了囚車，裏面出來幾個犯人，卻是閻王和郡司、城隍哩！當堂對質審問，席方平控告的全是事實。三個贓官嚇得打顫顫，樣子像趴着的老鼠。二郎神提起筆來，立刻判決。一會兒，傳下判詞來，讓案中人都看看。

判詞說：“查得閻王，職任王爵，身受帝恩。本應廉潔，來作官僚表率；不該貪污，招致人民責罵。竟然講究排場，誇耀品級尊貴；狠毒貪婪，玷污臣子節操。斧敲鑿，鑿入木一般，婦女兒童們的脂膏全給刮光；鯨吞魚，魚吃蝦那樣，螻蛄螞蟻般小命實在可憐。該當引來西江的水，給你洗腸；立即燒紅東牆的牀，讓你捱烙。城隍、郡司，是百姓的父母官，替天帝管理人民。雖然職位低微，但應盡心，不辭辛勞；即使是上官逼迫，有志的也該剛直。而你等卻是狠毒得像兇鷹，上下勾結，不思念百姓疾苦；且又狡猾得像獼猴，胡作非為，不嫌棄瘦鬼無油，只知貪贓枉法，真是人面獸心。當應剔除骨髓，脫去皮毛，暫處陰間死刑；當應剝去人皮，換上獸皮，仍讓投胎託生。

差人，既是鬼族，便非人類。只應衙門行善，也還可託生成人；怎能苦海作浪，更造天大罪孽；飛揚跋扈，狗臉變幻，造成冤案六月雪；橫行霸道，虎威兇狠，遮斷訴屈十字路。在陰間濫施淫威，都知道獄官權勢最大；幫昏官殘害百姓，都懼怕劊子手手段毒辣。該當在法場裏，剁掉他的手腳，再扔到油鍋裏，撈出他的骨頭。羊某，富而不仁，狡猾詐騙。金銀光芒蓋地，使得閻王殿上佈滿陰雲；銅錢臭氣熏天，直教枉死城裏不見天日。銅錢餘腥驅使鬼卒，金銀大力買通神祇。該當沒收羊某的家產，來賞賜席生的孝道。立即押送東岳大帝執行。"二郎神又對席廉說："念你兒子是個孝子，你又性情善良軟弱，可以再賜給你三十六年的陽壽。"就派兩個差人，送他們返回家鄉。

席方平抄錄了判詞，路上，父子兩人一塊讀着，既高興冤案得到平反，又感念二郎神的聖明。到了家裏，席方平先甦醒過來，讓家裏人打開棺材，看看他父親。屍首還僵硬冰涼，等了一天，席廉才慢慢溫和，活了過來。父子二人再找那判詞，已經沒有了。

從此，席家日子越過越富裕，三年間，良田遍野；羊家的子孫卻衰敗下來，樓房田地，都歸了席家。村裏人有買羊家田地的，夜裏夢見神人斥責說："這是席家的東西，你怎麼能得來呢！＂開初人們還不很信，買去耕作，整年顆粒不收，於是，又賣給席家。席方平的父親一直活到九十多歲，才無病去世。

黃　英

　　馬子才，順天府人。他家從老輩起就喜好菊花，到了子才更是愛到極點。他聽說有好品種，必定想方設法買得來，即使是相距千里，也不怕路途遙遠。

　　一天，有個南京客人住在子才家，說他的表親有一兩個菊花品種，是北方地區沒有的。馬子才一聽，喜歡得動了心，立刻收拾行李，隨着客人到了南京。那客人千方百計給他尋找探求，總算得到兩枝芽子。馬子才高興得沒法說，像得了寶貝般裹藏起來，帶着回家。

　　走到半路上，馬子才遇見一位少年。這少年騎着匹驢子，跟從着一輛華麗轎車，面貌清秀，舉動飄灑。兩個人慢慢走在一起，攀談起來。那少年自稱姓陶，言談話語很是文雅。問起馬子才從何處來，馬子才將情況如實告訴了他。少年說：“論起來，菊花種子都沒有不好種的，全在於人們怎樣培植澆灌罷了！”於是，談論起培植菊花的園藝來。馬子才聽後，非常高興，看來是遇見種菊的行家了，就問：“你們打算去哪裏呢？”少年回答說：“我姐姐在南京住得厭煩了，打算搬到河北地方去。”馬子才歡喜地說：“我家雖然不富裕，但還有幾間草房可以寄住，如果不嫌簡陋的話，就請到我家裏，不用再費事要到別的地方去了。”陶生就加快幾步趕到轎車前面，與他的姐姐商量這事。車中的人推開車簾說話，竟是個二十來歲的絕代美人。那女子對弟弟說：“房子不必計較好壞，但院子一定要寬綽。”馬子才連忙代替弟弟答應下來，說是有個大院子。於是，姐弟倆一塊兒來到馬家。

馬家宅子南邊，有個荒蕪了的園子，園裏只有三間小屋。陶生一見，很是中意，就居住下來。每天到北院來，給馬子才治理菊花。就是枯乾了枝子的菊花，陶生連根拔出來重新插上，也沒有活不了的。

陶生家裏很清貧，每天和馬子才一塊吃飯飲酒，看起來陶生家似乎是不動煙火。馬子才的妻子呂氏也很喜愛陶生的姐姐，時不時派人送些柴米給他們。陶生的姐姐名叫黃英，擅長言談辭令，常常過來和呂氏作伴，說說家常話，做做針線活。

有一天，陶生吃過飯後，對馬生說：「你家裏本來也不富裕，我天天吃你的、喝你的，讓你這好朋友受牽累，哪能是長久的法子呢！如今打算，賣賣菊花，也足夠生活的了。」馬生脾性耿直，聽陶生這麼說，很是瞧不起，就說：「我原以為你是個風流雅士，理應安於貧困；如今竟說出這般話來，那就是把東籬變為市場，辱沒菊花了！」陶生微笑一下，說：「自食其力，不算是貪財；做花草生意，不能說是俗氣。人固然不可用不正當手段追求財富，可是也不必專門去尋求貧困呀！」馬生聽了這話，心裏覺得不對勁，就閉口不說了。陶生悶了一會兒，也就起身走了。

自打這起，馬家丟棄了的殘敗枝子、劣等品種，陶生都收拾過去。從此，陶生也不再到馬家住宿吃飯了，只有馬家去請他，他才過來一次。

過了不多日子，菊花即將開花了，馬生就聽得陶家門口熙熙攘攘，熱鬧非常，像趕市集一般。馬生很覺奇怪，就走過去瞧一瞧，只見來買花的人，用擔挑的，用車運的，絡繹不絕，連道路都擠得走不開。看那菊花，都是奇特品種，從來沒有見過。馬子才心裏很厭煩陶生賣花貪財，想和他斷絕往來，可又怨恨他收藏着奇特品種，不告訴自己，就敲大門，要進去責備質問。正巧，陶生走出門來，一見馬生，趕忙握住馬生的手，不容分說，拉着就進了園子。

馬生一看，原來荒蕪的園子有半畝地已成了菊花畦子。那幾間草房前面沒有一點空閒地方，凡是刨去菊花賣掉的地方，又折下別的枝子補插上。畦裏長出花蕾來的，全都是奇特品種，仔細辨認一下，就看得出來，這都是以前自己嫌品種不好，拔出扔掉的。

陶生進了屋子，搬出酒菜來，在菊畦旁邊，擺下酒席。陶生說：“我因為家裏窮，不能守清規。這幾天幸好賣得了點錢，滿夠喝幾壺酒的。”於是，兩人對飲起來。待了一會兒，房裏呼喚“三郎”。陶生答應着，起身進了房子。一會兒，搬出幾盤酒菜。馬生細細品嚐，覺得這酒餚燒得好，色、香、味真是美極了。說起話來，馬生就問：“你家姐姐怎麼也不出嫁呢？”陶生回答說：“還不到時候！”馬生又問：“要到甚麼時候呢？”陶生說：“四十三個月！”馬生莫名其妙，追問：“這是甚麼意思？”陶生只是微微笑着，不回答問題。馬生不便再問，只好飲酒吃菜。直吃得酒足飯飽，兩人才盡歡而散。

過了一宿，馬生又過門來訪。只見新插枝的菊花已經長得一尺多高了。感到特別奇怪，就向陶生請教，要求傳授技術。陶生說："這可不是靠着敍說就能傳授的。再說，你又不需要靠這個過日子，何必學這種技術呢！"馬生只好默默無言。

　　又過了幾天，門前已經很少有人來買花了，陶生就用蒲包子包起菊花。捆紮妥當，裝載了幾大車，出門去了。轉過年去，到了中春季節，陶生才運載着南方的奇花異草回到家來。在城裏開設間花房，僅僅十天工夫，花就全部賣光了，又回到家裏培育侍弄菊花。去年買陶生菊花的人，凡是留着根的，第二年都變成了劣等品種，只好仍然再買。從這，陶生越來越富：第一年增蓋了房舍，第二年蓋起了高屋大廈。願意修建甚麼就修建甚麼，也不和主人打個招呼、有個商量。慢慢地，原來的花畦地，都成了房舍廊簷。又在牆外買下一大片土地，四周築起土牆，全部種上菊花，到了秋天，又用車運載着菊花出去了。這一走，直到來年春季過後還沒回來。

　　這期間，馬生的妻子得了病，請醫吃藥，沒有治好，去世了。馬生非常愛慕陶生的姐姐黃英，想娶她，就託上人悄悄透了個口風。黃英只是微微笑着，意思是應許下來，只是等待着陶生歸來罷了。待了一年多，陶生竟然一直沒有回來。黃英在家裏指使僕人種菊花，和陶生在家時一樣。賣花得的錢就和商人合夥做買賣，還在村外置買了肥沃田地二十頃，房舍也改建得更壯觀了。

這天，忽然有個客商從廣東來，捎來了陶生的信。馬生很是高興，趕忙拆信閱讀，信上是囑咐姐姐嫁給馬生，察看一下發信的日期，就是馬妻死去的日子，又回想到那次在菊園喝酒的時間，正好是過了四十三個月，心裏感到十分奇怪。馬生派人將信送給黃英，並且請問在哪裏送聘禮。黃英回覆，不接受彩禮，只是嫌馬生住處太簡陋，想請馬生到黃英的家裏來居住，如同招贅女婿一樣。馬生沒有答應，便選定了黃道吉日，舉行了迎親禮。

黃英嫁給馬生後，就在牆壁上開了個門通向南院，每天過來督促僕人操作幹活。馬生覺得依靠妻子過富裕日子很不光彩，常常囑咐黃英把南院、北院的賬目分開計算，防止混在一起。但是，家裏凡是需要甚麼物件，黃英常是從南院裏取來使用。不到半年時光，馬生家裏用的、看的，全都是陶家的物件。馬生心裏不痛快，立刻派人把東西一件一件全都送還到南院，並且告誡僕人，不准再從南院拿東西過來。可是，還不到個把月，南院的東西，又是到處皆是。馬生又立刻派人送回。就這樣，送還了，過上一陣子又全成了南院的東西，往返幾次，馬生感到實在是煩死人了。黃英笑着說：“你這廉潔的人，界限劃得這麼清楚，可真是太勞心了！”馬生覺得羞愧，也就不再察問，一切聽憑黃英安排處理。

從這，黃英請了工匠，備好磚瓦木石，大興土木，馬生也制止不住。只幾個月，樓台亭閣連成一片，南院、北院合為一體，分不出是兩家來了。黃英聽從馬生的主意，關閉大門不再培育、出賣菊花，可是，一家的生活享受卻很講究，超過了貴族人家。馬生心裏不安，說：“我三十年不貪富貴的清德，讓你給牽累敗壞了。如今，生活在人間，靠老婆養活，真是沒點男子漢大丈夫的氣概了。人家都禱念着發財致富，我卻是禱念着快些貧窮了吧！”黃英說：“我不是個貪財好利的俗人，可是不過得富裕些，就會使千年後的人們，說喜愛菊花的陶淵明是個窮骨頭，一百年也發不了家。所以才給俺家陶公爭口氣。然而，由窮變富，那是很難；富家要想變窮，就很容易。牀頭有的是銀子，任憑你去胡亂花光，我決不吝惜心疼！”馬生說：“胡亂花別人的錢，也是夠醜的了！”黃英說：“你不願意過富裕日子，我也不能過窮苦生活。實在沒辦法，我們分開過，那就清白的自己清白，渾濁的自己渾濁，那有甚麼不好呢！”這樣，就在園裏蓋了間茅草房子，挑選了個漂亮伶俐丫環伺候馬生。馬生住進去，覺得心情安然。可是，過了幾天，馬生苦苦思念黃英，派丫頭去請，黃英卻不肯到草房裏來；不得已，馬生只好去黃英的房裏過夜。三天兩頭這麼樣，成了習慣。黃英笑着説：“東家飯好，在東家吃飯，西家房好，在西家住宿，講究清白廉潔的人，應該不是這個樣子吧！”馬生也自個兒笑話自己，無話回答，就同原來一樣又合在一起過日子了。

這次，馬生有事情又去了南京，趕巧正是菊花開放的秋季。清晨，路過花市，看見花市上許多盆花，式樣花朵非常奇特，左看右瞧，這多麼像是陶生培育的菊花呀！看着花，越看越迷，不想離去。一會兒，店主人走出來，馬生一看，果然是陶生。馬生高興極了，説是分別這麼多日子，實在非常想念，總是盼着你回去，怎麼總是不回去。談起話來説不完，就住宿在店裏了。馬生再三要求陶生和自己一道回家去。陶生説：“南京是我的故鄉，我打算在這裏結了婚，長期住下去呢。這兩年，積蓄下點錢財，請捎回去送給我姐姐。我到年跟底下去你家裏暫住一陣。”馬生不聽他這一套，苦苦要求陶生一起回家，還説：“我們家裏幸而富裕起來，只要靜坐享福就行，不用再受苦受累地做生意了。"陶生還是不答應。勸說不行，馬生就動了硬手段。自己坐在店裏，讓僕人代替陶生講價錢，減價出售店裏的菊花。不幾天，菊花全賣光了。馬生逼迫着陶生打點好行李，僱上一條船，一塊北上了。

兩人進了家門，黃英已經打掃好陶生住的房間，安置好牀榻被褥，像是預先知道弟弟會回來的消息。

陶生自從歸來，進了門放下行李，就督促僕役，大修亭園。每天只是和馬生下棋飲酒，也不結交一個客人。馬生要給他說親，陶生就謝辭，說自己不願意成婚。黃英派兩個丫頭伺候陶生，過了三四年，才生了個小女孩兒。陶生喝酒是個海量，從來沒見到他喝得沉醉。馬生有個朋友曾生，酒量很大，沒遇見過對手。這天，曾生來拜望馬生。馬生讓他和陶生比較酒量。兩人放開量喝酒，越喝越高興，很是投脾氣，只恨認識太晚了。自清晨直喝到深夜，計算着每人都喝乾了一百壺酒了。曾生醉得如同一灘泥，在座位上睡熟了。陶生站起身來，要回房睡覺，出得房門，搖搖晃晃，一腳踏着了菊畦，撲通一聲，栽倒在地，衣服散落在一邊，身子就地變成菊花，人一般高，開着十幾朵花，每朵花都比拳頭大。馬生一見，嚇破了膽，慌忙跑去告訴黃英。黃英急忙趕來，伸手把那棵菊花連根拔出來，輕輕放在地上，說：「怎麼醉成這個樣子！」用衣服覆蓋住菊花，邀馬生離開，告誡馬生不要去看。

到了天明，黃英和馬生一道到花圃，只見陶生躺在畦子邊上，還在沉睡呢。馬生這才醒悟到，陶生姐弟都是菊花精呵！於是，對陶氏姐弟更加愛慕敬重。

陶生自從暴露了原形，更加沒有顧忌，放開肚量飲酒，常常自寫請帖邀請曾生，兩人成了推心置腹、無話不說的好朋友。

二月十五是花節，曾生前來拜訪，帶着兩個僕人抬來一罈子藥泡的白酒。約定，兩人要把這罈子清出來。兩人盡情喝起來，不多會兒，一罈酒將要喝光了，還都沒覺得有多少醉意。馬生就偷偷地又將一大瓶白酒續進罈子裏。兩個人又喝光了。曾生醉得已經不省人事，兩個僕人只好背着他轉回家去。陶生也醉倒地上，又變化成菊花。馬生見過這種情況，也就不再驚奇，按照上次辦法，把菊花拔出來，放置地上，自己守在一旁，觀察菊花的變化。等呵等呵，待了好長時間，不僅沒有再變成陶生，反而葉子越來越萎縮。馬生這才害怕了，去告訴黃英。黃英一聽，驚嚇得說：「害了我弟弟了！」急忙跑去一看，那菊花枝葉、花根都乾枯了。她十分痛心地掐下一段花梗，埋在花盆裏，帶回閨房。天天澆水灌溉，細心照料。馬生後悔得要死，很是埋怨曾生。過了幾天，聽説曾生那天回去就一直沒醒過來，已經醉死了。

盆裏栽的花，慢慢出了芽，長了骨朵。到了九月，菊花開放，枝幹很短，花朵粉色，聞起來有股子酒香味，起名叫作"醉陶"，用酒來澆，長得更加茂盛。

後來，陶生的女兒長大了，嫁給個官宦人家。黃英跟馬生過了一輩子，直到老死，也沒有出現甚麼奇異的事情。

青蛙神

　　長江漢水地區，民間侍奉青蛙神最為虔誠。祠堂裏的青蛙，成千上萬，不知有多少，有的像籠匣般大。誰惹神生了氣，家裏往往出現奇怪兆頭：青蛙在桌子上牀上爬來爬去，甚至爬上牆壁都掉不下來，甚麼樣子都有。這樣，這家就該攤上災禍了。這家人就十分害怕，殺豬宰羊，上供祈禱，蛙神歡喜了才算完事。

　　湖北地方有個薛昆生，從小聰明，長相漂亮。六七歲時候，就有青衣老媽媽到他家裏，自己說是蛙神派來的，坐下傳達蛙神的意思：願意把女兒下嫁給昆生。薛翁性情純樸厚道，很不願意，推辭說兒子還小。雖然堅決推辭了，但也不敢再和別家議婚。過了幾年，昆生慢慢長大，就和姜家訂了親。蛙神告訴姜家說："薛昆生，是我的女婿呵！你怎麼敢沾禁物呢！"姜家害怕，退還了薛家的彩禮。薛翁擔憂，整治了潔淨豬羊，前去祈禱，自己唸叨："不敢和神做親。"禱告完畢，只見酒肉中都有大個蛆蟲浮出來，蠢笨地活動；薛翁將酒肉倒掉，謝罪而回。心裏更加害怕，也只好聽任罷了。

一天，昆生走在路上，有差人迎着宣告蛙神的旨意，堅持邀請昆生前去。昆生不得已，跟着一起去了。進了個朱紅大門，樓台殿閣，華麗美好。有個老頭坐在堂上，像七八十歲人。昆生跪拜，老頭叫人拉起他來，讓他坐在桌旁。一會兒，丫環老媽子都來看，紛紛紜紜站滿兩邊。老頭回頭說："進去說薛郎到了！"幾個丫環跑進裏邊。過了一會兒，一個老太太領着個女子走出來，女子年紀十六七歲，美麗無比。老頭指着說："這是小女兒十娘。我以為配你可算美好姻緣。你父親卻以不是同類拒絕結親。這是你一輩子的大事，父母只能當一半家，主要看你的意思了！"昆生盯着十娘，心裏喜愛，口裏不說。老太太說："我知道薛郎很願意。請你先回家，這就送十娘前去！"昆生說："是！"趕忙回家告訴父親。薛公倉促之間想不出法子，就教給昆生話，讓他回去辭謝，昆生卻不肯去。正在催促訓斥昆生時，車子已經到門，僕從成羣，十娘已經進來了。十娘上堂拜見，公婆見了都很喜歡。當晚成親，小兩口很是和睦。從這，神公、神婆時常降臨薛家。看他們穿的衣裳，紅色是喜事，白色是財氣，必然見效。由於這個原故，薛家越來越興旺了。

自從和蛙神結親，薛家門前院裏到處是青蛙，人們沒有敢斥罵和踐踏的。只有昆生，年輕任性，高興時還有些顧忌，生氣時就踏死青蛙，很不愛惜。十娘雖然謙和溫順，但好生氣，很不高興昆生對待青蛙的行為。可是，昆生也不因為十娘的緣故，而抑制自己。十娘說了些指責昆生的話。昆生生氣說：「別以為你家父母能降禍給人！我大丈夫還怕青蛙嗎！」十娘很忌諱說蛙字，聽這麼一說很是氣憤，說：「自我進門當你家媳婦，地裏增產糧食，買賣多掙錢，這樣的事也不在少數。如今老少都穿暖吃飽，就像鴉鳥長了翅膀，要啄吃老娘眼睛了嗎！」聽了這話，昆生更加氣憤，說：「我正嫌增加的財富骯髒，不能留給兒孫。不如早點離別！」就趕十娘走。父母趕來，十娘已走了，就訓斥昆生，叫他趕緊去追回十娘。昆生賭氣不去。到了夜裏，母子兩人都病了，心裏鬱積不能吃飯。薛翁很害怕，到祠堂裏去請罪，禱告的話很懇切。過了三天，病人好了，十娘也自己回來。小兩口又和好得像當初那樣。

十娘常常打扮好了靜靜坐着，不做針線活。昆生的衣裳鞋子，全靠母親做。一天，薛母氣憤說："兒子娶了媳婦，還讓為娘的受累！人家媳婦伺候婆婆，咱家裏婆婆伺候媳婦！"十娘正巧聽到，賭氣上堂說："媳婦早晨侍奉娘飯食，晚上服侍娘安歇，侍奉婆婆，盡的這婦道怎麼樣！所不足的，只是不能省下那僱人的錢，自己受勞累罷了！"薛母無話可說，羞愧得自己哭泣起來。昆生進家，看見母親臉有淚痕，問明緣故，生氣地責備十娘。十娘堅持爭辯，不屈從。昆生說："娶個媳婦不能讓娘親歡喜，不如沒有！就是惹得老蛙生氣，也不過得橫災死去罷了！"又趕十娘走。十娘也生了氣，出門就走了。

第二天，薛家住宅鬧起火災，蔓延燒掉幾座房子，桌椅牀凳，全都燒成灰燼。昆生氣極了，到祠堂裏一條條數說罪狀，責備說："養了女兒不能侍奉公婆，沒點子家教，還護她的短！神應該最公道，能有教人怕老婆的嗎！再說碗盆相碰[1]，都是我辦的事，牽扯不到父母。要刀劈斧砍，就對着我來好了。如若不然，我也要燒你的住宅，聊且報

---

[1] 比喻夫妻間的口角。

復一下。"說完，背來柴草堆在殿下，點火要燒。人們聚集一起，苦苦哀告，不讓他燒祠堂，昆生才氣憤着回了家。父母聽到，嚇得臉色都變了。

到了夜裏，蛙神託夢給近村人家，讓他們來給蛙神女婿家蓋房子。到了天明，送材料、出工匠，近村的人家都來給昆生家蓋宅子。薛家辭謝，村人也不住手。每天有幾百人，接連不斷在路上運送，不幾天，新宅子蓋好，牀幔用具，樣樣齊備了。剛剛打掃好房子，十娘已經回來，上堂認錯，話語婉轉溫和，回過身來向昆生露出笑臉。全家變怨怒為歡喜。從這，十娘性情更溫和，過了兩年，沒有說過不中聽的話。

十娘最厭惡蛇。昆生開玩笑，用匣子裝了條小蛇，誆騙十娘把匣子打開。十娘變了臉色，責備昆生。昆生也將笑容變成嗔怒，説出些難聽的話來。十娘說："這次不等你再趕了，從此斷絕關係吧！"就出門走了。薛翁十分害怕，責打了昆生，又向神請罪。幸而這次沒降災禍，十娘也渺無音信。過了一年多，昆生思念十娘，自己很是後悔；偷偷去了神祠，哀求十娘，也沒回音。不多日子，聽說蛙神將十娘許配給袁家了，昆生很覺失望，就向別家求婚，可是相了幾家，並沒有像十娘那樣的，於是更加懷念十娘。去看看袁家，已經粉刷牆壁清潔庭院，準備迎親的車子了。昆生又慚愧又後悔，不能克制自己，吃不下飯，生起病來。父母憂愁，不知該怎麼辦才好。昆生在昏迷之中忽然覺得有人撫摸自己，說：“大丈夫多次要斷絕情義，怎麼又作出這個樣子呢！”睜眼一看，是十娘呵！歡喜極了，跳起來回問：“你從哪裏來？”十娘說：“以你這沒情義的人那樣對待我法，是該聽父親的意思，另嫁人家。雖然早就接受了袁家彩禮，可我千思萬想不忍心前去。成親就在今晚，父親沒臉送還彩禮，我親自帶上去送還人家了。剛才出門，父親送我說：‘傻丫頭！不聽我的話，以後再受薛家虐待，就是死了也別回來了！’”昆生感念十娘的情義，激動得流下淚水。家人都很高興，跑去告訴了薛老兩口。薛母一聽，不等十娘來見，就跑到兒子房裏，拉住十娘的手，嗚嗚哭泣起來。從此，昆生也老成了，不再惡作劇，於是，兩口子感情更加深厚。十娘說：“我以前因你輕浮，未必能白頭偕老，所以不敢留後代在人間。如今已經沒有他心，我將要生個兒子了。”不多日子，神公神婆穿着紅袍子，降臨薛家。第二天，十娘臨盆，一次生了兩個男孩。從此，兩家人經常來往，非常密切。近村人有惹怒了蛙神的，往往先求了昆生，再讓家裏婦女打扮好了進內房，朝拜十娘；十娘一笑，災禍就解了。

薛家後代很繁盛，人們叫他是"薛蛙子家"，近處的人們不敢叫，遠處的人才敢這麼稱呼。